トウェイン完訳コレクション

人間とは何か

マーク・トウェイン
大久保 博＝訳

角川文庫
20261

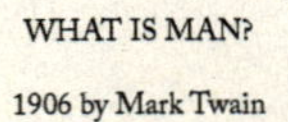

WHAT IS MAN?

1906 by Mark Twain

人間とは何か？

目次

人間とは何か？*

［一九〇六年］

一九〇五年、二月。これからお話しする論文について、その執筆のためにあれこれと研究を始めたのは、今から二五年か二七年ほど前のことです。そして論文を書き上げたのが七年前。その七年のあいだに、私は年に一、二度ずつこの論文を読み返しては検討してみました。そして、これでいいのだと思いました。念のため今回、もう一度検討を加えました。そして今でも確信しております。この論文に書かれていることは、やはり、真実なのだと。

この論文の中の様々な考えは、そのどれ一つをとってみても、それを考えたのは（そして反論の余地のない真実として受け入れたのは）何百万、何千万という数の人たちです——しかも誰にも知られないように考え、その考えをひそかに胸のなかにしまってきたのです。どうして、思いきって口に出さなかったのでしょうか？　その理由は、この人たちが恐れていたからなのです（そしてそれに耐えることができなかったからなのです）、まわりの人たちから非難されはしまいか、と。では、どうしてこの私は、これまで公表しなかったのでしょう？　それは、やはり同じ理由が私を抑えつけていたからなのだ、と思います。ほかの理由など、何ひとつ考えられませんから。

＊訳者註——旧約聖書「詩編」八—四に「人はいかなるものなれば、これを御心にとめたもうや。人の子はいかなるものなれば、これを顧みたもうや」とある。

第一章

a. 人間、それは単なる機械である
b. そのもの本体の利点(パーソナル・メリット)

［老人と若者とが、さっきから対話をつづけていた。老人が強く主張していたのは、人間というものは単なる機械にしかすぎず、それ以上の何ものでもない、ということであった。若者は、その考えには反対だった。だから老人に言った。もう少し詳しく話しをしてほしい、そしてなぜそのような意見になるのか、その理由を説明してほしいと。］

老人　では訊(き)くがな、いったい、どんな材料なんだろう。スチームエンジンを作る

ときの材料は？

若者　そりゃあ鉄や、鋼鉄や、真鍮（しんちゅう）や、ホワイトメタルなど、そういったものですよ。

老人　そういった材料は、どこにあるのかね？

若者　岩石の中です。

老人　純粋な形でかね？

若者　いいえ――原鉱石の形でです。

老人　そういう金属はみんな、その原鉱石の中に突然パッと入ってくるのかね？

若者　いいえ――ものすごく辛抱づよい作用の結果、出来上がるのです。想像もつかぬほど長い年月をかけましてね。

老人　スチームエンジンは、岩石そのものからだって、作ろうと思えば作れるはずだね？

若者　ええ作れますよ。もろくって、使い物にならないようなものでしたらね。

老人　じゃあ、あまり多くのことはさせられないな、そんなエンジンだったら？

若者　ええ――実質的には、何にもさせられませんね。

老人　それでは、立派な性能のいいエンジンを作るためには、きみなら、どんなふうに事を運ぶかね？

若者　まず、ヨコ穴やタテ穴をあっちこっちの山に掘りますね。そしてハッパをかけて鉄鉱石を掘り出します。それからその鉄鉱石を砕いて、それを溶かして、銑鉄(せんてつ)にします。それからその銑鉄の一部をベッセマー製鋼法にかけて、鋼鉄にするのです。そして何種類かの金属を採出して、それらを処理し、結合させれば、それで真鍮(しんちゅう)だって作ることができますよ。

老人　で、それから？

若者　そうやって手に入れた純粋な金属を使って、立派なエンジンを作るわけです。

老人　それなら、いろんなことをさせられるわけだ、そういうエンジンならな？

若者　そうです。そのとおりです。

老人　そういうエンジンだったら、動かすことができるわけだね、旋盤(せんばん)だって、ドリルだって、平削り盤だって、穿孔機(せんこうき)だって、研磨機(けんまき)だって、つまりひとことで言えば、大きな工場の中にあるすべての精巧な機械をね？

若者　そうです。

老人　では、何ができるだろう、石で作ったエンジンの場合は？

若者　ミシンぐらいなら動かせる、かもしれませんね――それ以上のことはダメでしょう、恐らく。

老人　すると人はだれでも、金属で作ったエンジンの方なら感嘆し、有頂天になって称賛するはずだね？

若者　ええ。

老人　だが、石で作ったエンジンには、しないわけだ？

若者　ええ、しませんね。

老人　なら、金属で作ったエンジンの利点は、石で作ったエンジンの利点よりもはるかに大きいというわけだね？

若者　もちろんです。

老人　そのもの本体（パーソナル）の利点（メリット）は？

若者　**そのもの本体**の利点ですって？　それ、どういう意味ですか？

老人　金属で作ったエンジンは、そのもの本体に受ける資格があるはずじゃろう、それ自身の成果の名誉を？

若者　エンジンが、ですか？　とんでもない、そんなはずはありませんよ。

老人　なぜ？

若者　なぜって、そのエンジンの成果はそのもの本体のものじゃないからです。その成果は、一つの結果なんです。エンジンの構造がもっている法則が生み出したものなんです。ですから、それは**利点**なんかじゃありません。その構造がいくらいろんなことをするからといってもね。なぜなら、それはそうするようにセットされているからであって――ただ、そう**せざる**を得ない、というだけのことですから。

老人　すると、これもそのエンジンのそのもの本体の欠点ではないということになるね、石で作ったエンジンがほとんど何の仕事もしなくっても？

若者　もちろん、そうです。そのエンジンは必要以上のこともしなければ必要以下のこともせず、するのはただ、そのエンジンの作動の法則が許したり、強制したりしてさせる仕事だけ、なのです。そのエンジンには**そのもの本体**のものは何ひとつないのですからね。選択することなどできないのですからね。でも、こんなふうに「だんだんと核心にもってゆく」ような、そんなあなたのやり方を見ていると、あなたは、だんだんと、こんなことを主張なさろうとしているのではありませんか。つまり、人間と機械とはほとんど同じものであるということ、そしてそのどちらの成果にもそのもの本体の利点など、何もないのだということを？

老人　そのとおり――だが、怒らんでほしいね。侮辱するつもりなど、まったくないのだからね。で、いったい何が大きな違いをつくっているのだろうかね、石で作ったエンジンと鋼鉄で作ったエンジンとのあいだでは？　それは鍛錬（トレーニング）、つまり教育なのだと言うべきだろうかね？　そして、石で作ったエンジンは野性人であって、鋼鉄で作ったエンジンは文明人だとでも言うべきかね？　初めに掘り出した岩石の中には一つの要素が含まれていて、その要素から鉄鉱石は作られる——だが、その鉄鉱石といっしょに、多くの硫黄（いおう）や、小石や、そのほか邪魔になる、生まれながらの遺伝物質が、太古の地質時代から受けつがれてきている。——こういったものは「プレジュディス［先入主（せんにゅうしゅ）］」とでも呼んでおくことにしようか。そうだ先入主だ、だがこの先入主に対しては、岩石そのものの中にあるどんな要素もそれを取り除く力はもっていないし、取り除こうとするどんな意欲ももってはいないのだ。この言葉、ノートに書き留めておいてくれないかね？

若者　ええ、いいですよ。さあ、書き留めました。「そうだ先入主だ、だがこの先入主に対しては、岩石そのものの中にあるどんな要素もそれを取り除く力はもっていないし、取り除こうとするどんな意欲ももってはいないのだ」と、これでいいですね。後をつづけてください。

老人　そうだ先入主だ、だがこの先入主は、**外からの力**によってそれを取り除くか、さもなければ、取り除かずにそのまま放っておくしかない、というものなのだ。これも書き留めておいてほしいね。

若者　いいですとも。「外からの力によってそれを取り除くか、さもなければ、取り除かずにそのまま放っておくしかない、というものなのだ」と。はい、つづけてください。

老人　鉄の中にある先入主は、自分にとって邪魔になる岩石を、自分の中から取り除こうとはしない。もっと正確に言えば、鉄がもっている絶対的な**無関心**というやつで、そいつは、邪魔になる岩石が取り除かれようと、取り除かれまいと、そんなことにはまったく関心がない。そこで、**外部からの力**が加えられる。そして、その岩石をすりつぶして粉々にしちまって、原鉱石を解放する。ところが、原鉱石の中の**鉄**はまだ囚われの身のままなのだ。そこでまた、**外部からの力**が鉄を溶かして、邪魔をしていた原鉱石から鉄を自由の身にしてやる。その鉄は、これでやっと、解放された鉄になるわけだ。だがその鉄も、それ以上の進展については無関心だ。そこでまた、**外部からの力**が鉄を騙しだまし、ベッセマー鉱炉に入れて、精錬して、高品質の鋼鉄にする。これで、教育ができた――つまり鉄の鍛錬が完了した、というわけだ。そして鉄は、その極限に到達したことになる。なぜなら、われわれは考えることのできるどんな方法を使っても、鉄を教育して**黄金**にまでする、なぞということはできないからね。これも書き留めておいてくれないかね？

若　者　はい。「いかなるものにもすべて、その限界がある――鉄の原鉱石をいくら教育しても黄金にまでする、なぞということはできない」と。

老　人　世の中には黄金の人間もいるし、錫(すず)の人間、銅の人間、鉛の人間、鋼鉄の人間などなど、いろいろな人間がいるわけだ――そして、それぞれの人間が限界をもっている。自分の本性、遺伝、教育、環境などの点でね。こうした金属の一つ一つからエンジンを作ることができるし、そのエンジンはどれもみなうまく働く。しかし、力の弱いエンジンに向かって、もっと力の強いエンジンと同じ仕事をしろ、なぞと言うことはできない。それぞれの場合、最高の結果を得るためには、その金属を解放してやらなければいけないのだ。その金属がもっている邪魔になる先入主の原鉱石から、教育によって――つまり溶解、精錬などなど、によってな。

若　者　ここで、やっと人間の話になった、というわけですね？

老　人　そうとも。人間すなわち機械――人間とは、そのもの本体ではないエンジンなのだ。たとえ人間がなんであろうと、それは、その人間の**作り**によるものだし、**さまざまな外的要素**によるものなのだ。そしてその外的要素は、その人間の遺伝物質、その人間の生育環境、その人間の交友関係などによって、その作りにもたらされるものだ。人間を動かし、監督し、命令するのは、**外部からの影響力だ**――**ただそれだけ**、なのだ。人間が自分で**生み出す**ものは、何ひとつない――ひとつの意見でさえも、ひとつの考えでさえも、生み出すことはできないのだ。

若　者　えっ、まさか！　それじゃ、ぼくは一体どこからこんな意見を得たことになるんでしょう？　つまり、あなたがいま話しておられることは、みんなバカげたものである、なんていう意見は。

老　人　それは極めて当然な意見だ――まさに起こるべくして起こった意見だよ――だが、**きみ**が最初の材料を創り出して、その材料からその意見を組み立てたわけではない。そういった材料は、寄せ集めの考えや印象や感情であって、そういったものは何千という本や、何千という会話から無意識に集めてきたものだし、考えや感情の流れの中から集めてきたものだ。そして、そうした流れも、きみの心や頭の中に、一〇世紀にもおよぶ祖先たちの心や頭の中から、流れ込んできたものだ。**そのもの本体としては**、きみはその材料のいちばん小さなかけらだって創り出してはいない。そして、そんな材料で、今のきみの意見は組み立てられているのだよ。そして、そのもの本体としては、きみはこんなことを言って自慢することさえできないのだよ。つまり、**自分はあちこちから借りてきた材料を一つにまとめたんです**、など言ってね。なぜなら、まとめたのは——それも自動的になのだが——きみ自身ではなくて、きみの心という機械だったからだ。そしてその機械は、機械のもつ構造の法則にきちんと従っていた。しかも、きみはその機械を自分で作ったわけではないし、そればかりか、その機械にどんな命令だってくだすことはできない、のだからね。

若者　なかなか手厳しいですね。あなたの考えでは、ぼくは何ひとつ意見を組み立てることができず、できたのは、ただああいうものだけだった、というのですね？

老人　自発的にかね？　いいや。それに、きみはそういうものも組み立ててはいなかったのだ。きみの機械がきみに代わってやってくれただけなのだ——自動的に、しかも間髪を容れずにな。熟考もしなければ、熟考する必要もなかったのだ。

若者　じゃあ、かりに、ぼくが熟考していたとしたら？　そのときは、どうなんですか？

老人　自分でやってみたらどうかね。

若者　（一五分ほどして）はい、熟考しました。

老人　ということは、自分の意見を変えようとした、ということかね——実験として？

若者　そうです。

老人　うまくいったかね？

若者　いいえ。まえと同じです。それを変えるなんて不可能です。

老人　残念だな、だが、これで分かっただろうが、きみの心はやはり機械にしかすぎず、それ以上の何ものでもないのだよ。きみは心に何ひとつ命令をくだすことができず、心も、心自身に何ひとつ命令をくだすことができないのだ——心を働かせるのは、**もっぱら、外部からの力なのだ**。それがその心の作りの法則なのだ。それがすべての機械の法則なのだ。

若者　ぼくはこうした自動的な意見の一つで**さえ**変えることができない、というのですか？

老人　そう。できないね、きみ自身ではね。だが**外部からの力**なら、それができる。

若者　そして、外部からの力**だけ**ですか？

老人　そうだ——外部からの力だけだな。

若者　そんな意見、誰からも支持されませんよ——バカバカしくって誰も支持などしやあしない、と言ってもいいくらいですよ。

老人　どうしてそう思うのだね？

若者　思うだけじゃありません、そうだと分かっているんです。もしぼくが心を決めて、じっくりと考えにふけったとしますよ。そして勉強をして、本を読んで、計画的な目的をたてて、その後意見を変えようとしたら、どうですか。それに成功したら、どうですか。**それは**、外部からの推進力の作用なんかじゃありませんよ。みんな、ぼくのものであり、そのもの本体のものです。なぜなら、ぼくがその計画を生み出したのですからね。

老人　いいや、それはちがうな。**それは、わしと交わしているこうした話の中から生まれてきたのだ**。わしと話をしていなかったら、それはきみの頭に決して浮かんではこなかったはずだ。人間は何ひとつ生み出すことはできん。人間が生み出すすべての考えも、人間の抱くすべての衝動（しょうどう）も、みんな**外部から**くるのだ。

若者　腹立たしい話ですね。しかしとにかく、**世界で最初の**人間はさまざまな考えを生み出していたはずですよ。その前には誰もいなくて、考えなど引き出すことはできなかったんですからね。

老人　それは間違いさ。アダムがもっていた考えだって、それが彼の頭に浮かんだのは、みんな外からなのだ。**きみ**は死について恐怖心をもっているだろう。その恐怖心はきみが発明したものじゃないよ——きみはそれを外部から得たのだ。つまり人との話とか、誰かから教えられたりしてだ。アダムは死についての恐怖心など、少しももってはいなかった――これっぽっちも、もってはいなかったんだ。

若者　いいえ、もっていましたよ。

老人　最初に創られたときにかね？

若者　いいえ。

老人　じゃあ、いつだ？

若者　死ぬぞ、といって脅(おびや)かされたときにです。

老人　それじゃ、やはり**外部**からきたわけだ。そりゃあ、アダムはじつに偉大な人間だ。だからと言って、そのアダムを神さま扱いするのはよそうじゃないか。誰ひ**とり、神さまたちのほかにはいないのだからね、外部からきたものではないような考えをもっているものはね**。アダムはたぶん、立派な脳ミソはもっていたろう。だがその脳ミソだって、少しも役には立たなかったはずだ、**外部から**一杯に満たされるまではな。アダムは、ごくごくつまらないものでさえ、自分の脳ミソを使って考え出すことはできなかった。善と悪との違いについてだって、そうした考えのカの字ももってはいなかった――アダムはその考えを**外部から**得なければならなかったんだ。アダムもイヴも、例の考えを生み出すことはできなかった。素っ裸で歩き回ることが慎みのないことだ、なぞという考えをな。そうした知識は、あのリンゴといっしょに外部からやってきたのだ。人間の脳ミソというものは、こんなふうに組み立てられているものだから、何ひとつ生み出すことはできないのだ。できるのはただ、外部から得た材料を使うことだけだ。だから機械にしかすぎない、というわけだ。そしてその脳ミソは自動的に動くだけで、意志の力で動くわけではない。自分自身に何ひとつ命令をくだすことはできず、そうした脳ミソの持ち主である人間もその脳ミソに何ひとつ命令をくだすことはできないのだ。

若　者　そうですか、じゃあ、アダムのことは脇に置いておきましょう。でも、シェイクスピアが創造したものは――

老　人　いや、それを言うなら、シェイクスピアが模倣したものは、と言うべきだな。シェイクスピアは、何ひとつ創造などしなかったんだからね。シェイクスピアは、正しく観察した。そして、それを素晴らしい筆づかいで描いた。彼は人間を正確に描写した。しかしその人間は神が創造したものであって、シェイクスピア自身は、たったひとりの人間でさえ、創り出しはしなかった。創造しようとしたけれど失敗したのだ、などと言って彼を中傷するのはよそう。シェイクスピアは、創造しようとしてもできなかった。彼は機械だったからだ、そして機械は創造などしないから

だ。

若　者　それじゃ、シェイクスピアの素晴らしさはどこに**あった**のですか？

老　人　それは、こういうことの中にさ。つまり、シェイクスピアはミシンではなかった。きみやわしとは違っていた。ゴブラン織りの織機（おりき）だったのだ。すべての糸とすべての色が彼の中に**外部から入って**きた。つまり、外部からの力、暗示、**経験**（本を読むことや、劇を観ることや、舞台で演じることや、いろいろな思想を借りること、などなどだが）、それらが彼の心のなかに様々な図案を作りあげ、彼の心の複雑な称賛すべき機械を起動させたのだ。そして**その機械が自動的に**、あの絵入りの豪華な織物を作り出したのだ。その織物が、いまもなお世界じゅうの人びとを驚嘆に駆り立てているのだ。もしシェイクスピアが大海のなかの荒れ果てた、誰ひとり訪れる人もない岩のうえで生まれ、そこで育てられたとしたら、いくら素晴らしい彼の知力だって、**外部からの材料**を手に入れてそれを利用する、などということはできなかったはずだし、何ひとつ考案することもできなかったはずだ。そして、**外部からの力が何ひとつなかったなら**、つまり教育や、鍛錬や、説得や、霊感など、そういった大切なものがなかったなら、何ひとつ考案することはできなかったはずだ。そうすれば、シェイクスピアは何ひとつ産み出しはしなかったはずなのだ。トルコでなら、彼も何かを産み出していただろう――つまりトルコでの影響力や、人間関係や、鍛錬などがもっているその最高水準にまで達する何かをな。フランスでなら、それよりも更に優れた何かを産み出していただろう――つまりフランスでの影響力や鍛錬がもっている、その最高水準にまで達する何かをだ。イギリスにおいて、彼が最高の水準にまで達したのも、それは、**外部の扶**（たす）**けを通してなのだ。そしてその扶けこそ、イギリスという国のもつ理想、影響力、鍛錬が提供したものなのだ。**きみやわしなどは、ミシンにしかすぎない。われわれは、われわれに出来るものを作り出すほかはないのだ。その努力をするほかないのだ。そして、少しもかまうことはないのだ、考えなしの連中から非難されて、おまえたちはなぜゴブラン織りを織りあげないのだ、と言われてもな。

若者　それで、ぼくたちは、機械にしかすぎないっていうわけですか！　機械は自分たちの仕事を自慢してはいけないし、誇りに思ってもいけないし、その仕事にたいしてそのもの本体の利点を要求してもいけないし、称賛や拍手喝采（かっさい）も要求してはいけない、というわけですか。じつにひどい学説ですね。

老人　学説なんかじゃないよ、単なる事実だよ。

若者　それじゃあ、勇敢だということには少しも利点はないわけですね、臆病者でいるのと少しも変わりはないのですね？

老人　**そのもの本体の**利点かね？　そのとおり。勇敢な人間だって、自分が自分の勇気を**創り出す**わけではない。彼はそのもの本体の名誉を受ける資格など少しももっていないのだ、勇気があるからといってな。その勇気は生まれつきのものだったからだ。ある赤ん坊が、生まれたときから何十億ドルという大金をもっていたとする——そのどこに、その赤ん坊のそのもの本体の利点があるというのかね？　ある赤ん坊は、生まれたときに無一文だったとする——そのどこに、その赤ん坊のそのもの本体の欠点があるのかね？　一方の赤ん坊は、媚（こ）びへつらわれたり、褒められたり、崇（あが）められたりする。ゴマすり連中によってな。もう一方の赤ん坊は、無視されたり、軽蔑（けいべつ）されたりする——そんなことをする意味がどこにあるというのかね？

若者　ときには、気の弱い人間が自分の臆病さを克服して、勇敢な人間になろうとする努力を自分に課すことだってあります——そして、それに成功する、ということもあります。これについては、どうお考えですか？

老人　それはただ、**正しい方向での鍛錬のほうが、誤った方向での鍛錬より**利点がある、というだけのことさ。そりゃあ計り知れないほど利点のあることだよ、鍛錬というものはね。影響、教育、そういったものが正しい方向で行なわれたならばな。

――なにしろそれは、**自己称賛の力を鍛錬してその理想を高めようとすることなのだからね。**

若者　でも利点のことは――つまりそのもの本体の利点はどうなるのです、この臆病者がそうした殊勝な計画をたて、それを達成した場合に？

老人　そんなものは何もないね。世間の目から見れば、彼は以前よりは立派な人間になった。だが彼がその変化を達成したわけじゃない――それについての利点は、彼のものではないんだ。

若者　じゃあ、誰のものですか？

老人　彼の**作り**さ。それに影響だよ、外部からその作りに働いた力さ。

若者　彼の作りですって？

老人　そうだ。まず第一に、彼は完全には、そして完璧には臆病者だったわけではないのだ。さもなければ、どんな影響力だって働き掛ける相手をもってはいなかったはずだからな。彼にとって、牝牛（めうし）はこわくはなかった。だが恐らく牡牛（おうし）はこわかったろう。女はこわくはなかった。だが男はこわかった。そこに何かがあって、その何かに外部からの力が働いたのだ。つまり、種があったのだよ。種がなければ、苗木は生えない。彼はその種を自分で作ったのだろうか、それともその種は生まれつき彼の中にあったのだろうか？ **彼の利点なんかじゃないんだよ**、その種がそこにあったからといってね。

若　者　なるほど、しかしとにかく、その種を**栽培しよう**という考え、栽培しようとする決意、それは称賛に値することだったんです。そして彼がその決意を生み出したのです。

老　人　彼は何ひとつ、そんなことはしてはいないね。そうした決意がやって来たのは、**あらゆる衝動**が、いい衝動にしろ、悪い衝動にしろ、それらがやって来るところから、やって来たのだ――つまり**外部**からだよ。もしその気の弱い男が、ウサギみたいな人間ばかりのいる社会で、一生を暮らしたとする。そして、勇敢な行為について読んだことなどなかったとする。また、そういう行為についてのスピーチも聞いたことがなかったとする。そしてまた、誰かがそういう行為を称賛したり、そういう行為をした英雄を羨望（せんぼう）したりするのを聞いたことがなかったとしたら、彼は勇気などというものについて何の考えももたなかったはずだ。それは、アダムが慎みというものについて、何の考えももっていなかったのと同じことなのだ。だから、万が一にも彼の心に浮かんだはずはないのだ、勇敢になろうと決意する、などということはな。彼は**そうした考えを**、**いくら生み出そうとしても**、**生み出すことはで**

きないのだ――彼のところに**外部**からやってこなければならなかったのだ。だから勇気が称賛され臆病が嘲笑（ちょうしょう）されるのを聞いたとき、彼は目覚めさせられたのだ。彼は恥ずかしくなった。おそらく彼の恋人が鼻先で笑いながら言ったのだろう、「聞いたわよ、あなたって臆病者なんですってね！」などとな。だから、**彼**が自分で人生の新しいページをめくったのではない――彼女が彼のためにめくってくれたのだ。**彼**はふんぞりかえってその利点を触れまわるべきではないのだ――その利点は、彼のものではないのだからな。

若者　でも、とにかく、彼はその苗木を育てたんですよ、彼女がその種に水をやったあとでね。

老人　いいや、それはちがう。**外部の力**がそれを育てたのだ。命令を受け――そしてブルブル震えながらも――彼は戦場に出ていった――ほかの兵隊たちと一緒に昼ひなかにだ。一人きりではなかったし、暗闇にまぎれてもいなかった。彼には**実例という外部の力**が加わったのだ。彼は勇気を、戦友たちの勇気からひき出していたのだ。逃げ出すのが**こわかった**のだ。なぜなら、ほかの兵隊がみんな見ているわけだからな。彼は少しずつ進歩していたのだ、ええ、そうじゃろう――恥にたいする精神的恐怖がムクムクと頭をもたげて、負傷にたいする肉体的恐怖をしのいでいたのだからな。戦闘が終わるころまでには、経験が彼に教えていたはずだ。戦場にでる者**すべて**が負傷するわけではない、というようなことをだ——この外部からの力が将来、彼にとって扶けになるはずなのだ。それに彼は、どんなに素晴らしいことなのかということも学んでいたはずだ。なにしろ勇気があるといって称賛されたり、涙にむせぶ声で歓迎されたりするのだからな。闘いに疲れ果てた連隊が、敬愛の眼差しでみつめる群衆のあいだを行進し、軍旗をなびかせ太鼓をうち鳴らしながら通り過ぎてゆくときにな。こうしたことの後では、彼もきっと軍隊のどの古参兵にも負けないほどの勇敢な兵隊になれるはずだ——そしてそこには、どこを探したって、**そのもの本体の利点**など、みじんもないはずなのだ。なぜなら、それはすべて**外部**からきたはずのものだったからだ。ヴィクトリア十字勲章は多くの英雄を育てているが、それにくらべると——

若者　ちょっと待ってください。それじゃあ、どこに意味があるんです、彼が勇敢になったって、そのために名誉が得られないとしたら？

老人　きみのその疑問自体が、やがてその答えを出してくれるはずだよ。そこには人間の作りについて重要な細目が含まれているのだが、それについてはまだ、われわれは触れていないからね。

若者　どんな細目ですか、それは？

老人　衝動だよ。人を動かしていろいろなことをさせようとするやつさ——たった一つの衝動、この一つの衝動がいつも人を動かして物事をさせているのだ。

若者　**たった一つの**衝動ですって！　一つしかないんですか？

老人　ああ、それだけだよ。たった一つだけだ。

若者　そうですか。それにしても、ずいぶん奇妙な学説ですね。そのたった一つの衝動とは何ですか、いつも人を動かして物事をさせているなんていうその衝動は？

老人　**自分自身の精神を満足させたい**、という衝動さ——どうしても自分自身の精神を満足させて、**精神からその賛成を得なければならぬ、という気持ち**だな。

若者　よしてください。それじゃ答えになりませんよ！

老人　どうしてならないかね？

若者　どうしてって、それじゃあ人間がたえず求めているものは、自分自身の慰安と利益だけだっていうことになりますからね。ところがそれとは反対に、利己心のない人間がよくやっているのは、ただ他人のためにだけやっている、ということなのですからね。自分自身にとって明らかに不利益になる場合にでもです。

老人　それは間違いだ。その行為は**彼**にとってタメになっているはずだ、まず第一にな。さもなければ、彼はそれをするはずがない。彼は思うかもしれん、自分がそれをやっているのはただ他の人のためなのだ、とな。だが、そうではないのだ。彼は、自分自身の精神を満足させているのだよ、まず第一に。――他の人の利益のほうは、いつも二番目の席につかざるをえないのだ。

若者　なんて途方もない考えだろう！　それじゃ、自己犠牲はどうなりますか？　どうぞ答えてください。

老人　自己犠牲って、何のことかね？

若者　他の人のために尽くす、ということです。そんなことをしても、そこからは自分自身にたいする利益など、これっぽっちも生まれるはずのない場合にです。

第二章

人間のもつただ一つの衝動——自分自身の賛成を得ること

老人　世の中には自己犠牲の実例はいくつもあった——と、きみは思っておるんだね？

若者　実例ですか？　ええ、何百万とありますよ！

老人　まさか一足飛びに結論を出してしまったわけではないだろうね？　よく検討してみたんだろうね——批判的に？

若者　そんな必要はありませんよ。行為そのものが、その背後にある黄金の衝動を明らかにしているのですから。

老人　たとえば？

若者　そうですね、そう、たとえばこうです。ここにあるこの本の中の事件を例に取ってみましょうか。ある男が町から三マイルほど離れた所に住んでいます。ひどく寒い頃で、風は吹きすさび、雪もはげしく降っていました。真夜中のことです。その男が鉄道馬車に乗ろうとしていると、突然、白髪（しらが）あたまでボロをまとったお婆さんが、見るも痛々しい惨めな姿で、そのやせ細った手を差し出しながら救いを求めるのです。ひもじくて死にそうだと言ってね。男は気がつくと、自分のポケットには二五セント玉がたった一つしかありません。ですが、ためらいません。それをお婆さんにあげて、自分は吹雪のなかをエッチラオッチラと家に帰ってゆくのです。どうです——立派でしょう、美しいでしょう。その親切な行ないは少しも損なわれてはいないのです、ほんのわずかな利己主義のかけらによってもね。

老人　どうしてそう思うのかね？

若者　他にどう考えられますか？　これには何か他の見方があるとでもお考えですか？

老人　きみは、自分自身をその男の立場において、そのとき男が何を感じ何を思ったか、わしに言えるかね？

若者　ええ、たやすいことです。その苦しむ老婆の姿が、男の思いやりのある心を刺し貫き、激しい痛みを与えた。男はそれに耐えることができなかった。吹雪の中を三マイル歩くことには我慢できたが、あの苦しい思いには我慢できなかった。それは、自分の良心が味わうはずのものだったのです、もし自分が背を向けてその気の毒な老婆を置き去りにし、死なせてしまったならね。男は眠ることもできなかったはずですよ、そのことを考えたら。

老人　男の心の状態はどんなだったろうかね、家につくまでのあいだ？

若者　喜びの状態ですよ。それは自己犠牲を払った者だけが知るものなのです。彼の心は歌い、彼は吹雪のことなど忘れていました。

老人　よく眠れたわけだね？

若者　そんなことはない、などとは誰も言えませんね。

老人　よろしい。それでは、その細目をぜんぶ合計して、いくらその男が儲けたか見てみようじゃないか、その二五セントでな。それから、本当の理由を探り出してみようじゃないか、なぜ彼はそんな投資をしたのか、という理由をだ。まず第一に、彼は心の痛みに耐えることができなかった。その痛みは、苦しみ悩む老婆の表情から受けたものだ。そこで彼は自分の痛みのことを考えていた——この善良な男は、だよ。彼は何か軟膏のようなものでも買ってその痛みを和らげないではいられなかった。もしその老婆を助けなければ、**彼の良心**が彼を苦しめたはずだからね、家に帰り着くまでずっとな。ここでもまた、彼は**自分の心**の痛みのことばかり考えている。だから、それから解放されるものを買わないではいられなかった。もしその老婆を助けなかったら、**彼**は一睡もできなかったはずだ。彼は眠りを買わなければならなかった――ここでもまだ**自分自身**のことを考えているのだ。分かるじゃろう。だから、要するに、彼は自分自身のために自由を買ったのさ。自分の胸のなかの鋭い痛みから解放してくれる自由をな。彼は自分自身のために自由を買ったのだ、待ち受けている良心の責め苦から解放してくれる自由をな。一晩の眠りを買ったのだ――そのすべてを、たったの二五セントでだ！　この有能な商人は一〇〇ドルもの純益を、たった二五セントの投資から得たことになるのだ。さだめしウォール街も恥ずかしい思いをするだろうよ。家に帰る道みち、彼の胸は喜びでいっぱいだった。そしてその胸は歌った――儲の上にまた儲けというわけだからな！　その男を動かして老婆を助けさせた衝動は、じつは――**まず第一に**――**自分自身の精神を満足させる**こと。二番目が、**老婆の苦難**を救ってやること、だったのさ。さあこれで、きみの意見はこういうことになるのかね？　つまり、人間のいろいろな行動が生まれる源は、それはたった一つの中心的な、変わることのない、また変えることのできない衝動である、ということにね。それとも、種々さまざまな衝動なのかね？

若者　いろんな衝動の集まりからですよ、もちろん――そのなかには気高く、美しく、崇高な衝動もありますし、そうでない衝動もあります。あなたのご意見はどうですか？

老人　あるのは、ただ一つの法則、ひとつの源だけだね。

若者　それじゃ、このうえなく崇高な衝動も、このうえなく卑しい衝動も、どちらも、その一つの源から出るというわけなんですね？

老人　そうだよ。

若者　じゃあ、その法則を言葉にして言ってみてくれませんか？

老人　いいとも。これがその法則だ。いいかね、よく憶えておきたまえ。**揺籃（ゆりかご）から墓場にいたるまで、人間というものはたった一つのことしかしないのだ。**それは何よりも大切な目的をもっているただ一つのことだ。――つまり、**心の平和、精神の慰安を確保する、ということだけなのだ**、自分自身のためにな。

若者　まさか！　それじゃ、人間というのは、何もしないのだということじゃありませんか、他の人の慰めになるようなことは。精神的にも肉体的にも、何んにも？

老人　そのとおり。ただ、**そのハッキリとした条件があれば話は別だがね**――つまり、それが自分自身の精神の慰安をまず第一に確保してくれる、という条件だ。そうでなければ、人間は絶対にそんなことは、しないね。

若者　そんな主張はウソだ、ということを明らかにするのは、簡単にできるはずですよ。

老人　たとえば？

若者　たとえば、あの崇高な情熱、祖国愛、愛国心などがそうです。平和を愛し、苦痛を恐れる人間が、楽しいわが家や嘆き悲しむ家族をすてて、出かけてゆき、飢えや、寒さや、負傷や、落命に、雄々しくわが身をさらそうとします。これは、精神的な慰安を求めていることになるのですか？

老人　その人間は、平和を愛し、苦痛を恐れているのだね？

若者　ええ、そうです。

老人　それじゃ、たぶん何かがあるのだよ。そしてその何かを、その人間は平和を愛するよりももっと愛しているのだ――それは、賛成だよ、近所の人たちや世間の人たちからのな。そしてたぶん、何かがあるのだ。その何かを、その人間は苦痛を恐れるよりももっと恐れているのだ――それは、不賛成だ、近所の人たちや世間の人たちからのな。もしその人間が恥というものに敏感なら、きっと戦場に行くはずだ——そこに行くことによって彼の精神が完全に楽になるからではなくて、そこに行くほうがずっと気が楽になるからだ、家に残っているよりもな。その男はいつだって、そうするのさ、もしそのことが自分にとって一番大きな精神的慰安をもたらしてくれるようなものだったならば、だ——なぜなら、それが**彼の人生の唯一の法則**だからだ。彼は嘆き悲しむ家族をあとに残して出征する。家族につらい思いをさせて、スマナイと思う。しかし、自分自身の心の慰めを犠牲にしてまで家族の心の慰めを確保してやろうとするほどに、スマナイとは思わないのだ。

若者　じゃあ、あなたは、こんなことを本当に信じているんですか？　つまり、単なる世間一般の人たちの考えであっても、気の小さな、平和を愛する人間をむりやり駆り立てることができて、その人を——

老人　戦争に行かせることができるのか、ということかね？　そうだ——世間一般の人たちの考えというものは、ときには、人間に**どんなこと**でもやらせることができるからな。

若者　**どんなこと**でもですか？

老人　そう——どんなことでもだ。

若者　そんなこと、信じられませんね。世間一般の人たちの考えが、正しい信条をもった人にむりやり悪いことをさせる、などということができるんですか？

老人　できるとも。

若者　じゃあ、心の優しい人にむりやり残酷なことをさせる、なんていうこともできるんですか？

老人　できるよ。

若者　じゃあ、ひとつ例をあげてください。

老人　アレグザンダー・ハミルトン［一七五五—一八〇四。アメリカの政治家］は、ずばぬけて高潔な人物だった。彼は、決闘は悪であると考えていた。宗教の教えに反することであるとも考えていた——だが、**世間一般の人たちの考え**を尊重するあまり、彼は決闘をしてしまった。家族を深く愛してはいたが、世間の賛成を得るために、心ならずも家族を捨て、命を捨ててしまった。そして無情にも、家族の者たちを生涯、嘆き悲しませることになった。それというのも、愚かな世間の人びとに気に入られようとしたためなのだ。当時の状況からして、名誉というものについて世間一般の人たちがもっていた基準からすれば、彼は心安らかでいることなどとてもできなかったはずだ、決闘を拒んだという汚名を着せられてしまったならな。宗教の教えも、家族にたいする愛情も、心の優しさも、高潔な信条も、これらすべてが無に帰してしまったのだ、それらのものが自分の精神的な慰めの妨げになったときにな。人間というものは、**どんなことでもやるものなのだ**、たとえそれがどんなものであろうと、**自分の精神的な慰安を確保するため**だったならばだ。そして、彼をいかに強制しても、またいかに説得しても、実行させることなどできないのだ、この目的を達成するための目標をもたぬ行為などはな。ハミルトンの行為だって、生まれながらの要求に無理やりさせられたものだったのさ。自分自身の精神を満足させたいというあの要求さ。この点では、彼の人生におけるほかのすべての行為と同じなのだ。そして、あらゆる人間の人生におけるすべての行為とも同じなのさ。きみは、この問題の核心がどこにあるか分かるかね？　人間の心は決して安らかではないのだよ、**自分自身の賛成**が得られなければな。人間はできるだけ大きな割合で精神の慰安を確保しようとするのだ。どんなに費用をかけても、どんなに犠牲を払ってもな。

若者　ちょっと前に、あなたは言いました。ハミルトンが決闘をしたのは、**世間一般の人たち**の賛成を得るためだったのだって。

老人　そう、言ったよ。決闘を拒否することによって、彼は家族の賛成を得ることができただろうし、自分自身の賛成も大いに得ることができたはずだ。だが世間一般の人たちの賛成のほうが、彼の目には、さらに価値のあるものに映ったのだ。ほかのすべての賛成を合わせたよりもな――この世においても、またあの世においてもだ。それを確保することが、彼に心の最高の慰安、最高の自己満足を与えてくれるはずだからね。だから、彼はほかの価値あるすべてのものを犠牲にして、それを手に入れようとしたのだ。

若者　崇高な魂をもった人たちで、決闘を拒否し、世間一般の人たちの軽蔑に男らしく勇敢に立ちむかった人たちもいましたよ。

老人　そういう人たちは、**自分たちの作りに応じて**行動したのだ。彼らは自分の信条や家族の賛成のほうを高く評価したのだ、世間一般の人たちの賛成**よりも高く**な。自分が**もっとも高く**評価したものをとり、あとのものは捨てたのさ。**そのもの本体の満足と賛成のいちばん大きな**割合を与えてくれるものなら、何でもとったのだ――人間というものは、**いつもそう**するからだ。世間一般の人たちの意見は、この種の人間たちを強制してむりやり戦争に行かせることはできない。彼らが行くとしても、それは何かほかの理由からだ。つまり、何かほかに精神を満足させてくれるような理由があるからだ。

若者　いつも、精神を満足させてくれる理由からですか？

老　人　それ以外にはないな。

若　者　或る人が自分の命を犠牲にして、幼い子供を燃えさかる建物のなかから助けようとする場合、あなたはそれを何と呼びますか？

老　人　彼がそうした場合、それは、**彼の**作りの法則なのだ。**彼は**、その子供が危険にさらされているのを見ていることに耐えられないのだ(違った作りの人間なら耐えることが**できた**ろうからな)。だから、彼は子供を助けようとする、そして命を落とすのだ。だが、彼は手に入れたんだよ、自分が求めていたものを――つまり、**彼自身の賛成**をだ。

若　者　じゃあ、あなたは何と呼びますか、「愛」「憎しみ」「慈愛」「復讐」「人間愛」「雅量」「寛容」などといったものを？

老　人　一つの「主衝動」が生んだいろいろな結果だね。つまり、どうしても自分自身の賛成を確保しなければならない、というその気持ちが生んだいろいろな結果だ。その結果はさまざまな服を着ていて、いろいろな気分に左右される。だが、たとえどのように装っていても、彼らはいつも**同じ人物**なのだ。表現を変えて言えば、人間を動かす**強制力**は――そしてそれは、たった一つしかないのだが――どうしても自分自身の精神の満足を確保しなければならない、という気持ちだ。それがなくなれば、その人間は死人なのだ。

若者　そりゃあ、まったくバカげた話ですよ。愛というのは――

老人　いや、愛というのも、まさにその衝動であり、その法則なのだ。ただもっとも妥協のない形で出てくるものだ。それは生命も、そのほかのすべてのものも、その目的のために投げ出そうとするのだ。本来その目的のためにではなく、**愛それ自身**のためなのだ。愛の目的が嬉(うれ)しければ、**愛も嬉しい**――そしてそれが、愛が無意識に求めているものなのだ。

若者　あなたは、あの気高く慈悲深い情熱である母性愛までも例外ではない、というのですね？

老人　そうだよ。**それ**はその法則の絶対的な奴隷だからね。母親は自分が裸になっても子供に服を着せようとする。自分が飢えても子供に食べ物を与えようとする。自分が拷問にかけられても子供を苦しみから救おうとする。自分が死んでも子供を生かそうとする。母親は生きている喜びを得ながら、こうした犠牲を行なっているのだ。**彼女がそうするのは、そういう報酬があるからなのだ**――そうした自己満足、そうした満足、そうした平和、そうした慰め、こういったものがあるからなのだ。**彼女は、きみの子供にだってそれをするはずだ**、もし彼女が同じ報酬を得ることができるならばな。

若者　これは悪魔的な哲学ですね、あなたがいろいろともっている哲学のなかでも。

老人　哲学ではない。事実なのだ。

若者　もちろん、あなただって、こういうことは認めるでしょうね。つまり、ここに或る種の行為があって、その行為は――

老人　いいや。行為などというものは、大きなものも小さなものも、立派なものも卑劣なものも、みんな他のいかなる動機からも生まれてはこない、生まれてくるのはたった一つの動機からだ――つまり、どうしても自分自身の精神をなだめ、満足させなければいられない気持ち、それからだよ。

若者　世界の博愛主義者たちは――

老人　ああ、わしはその人たちを尊敬する。帽子を脱いで敬意も表わす――それは習慣と鍛錬からだ。だが、彼らだって慰安や幸福感や自己満足を知ることはできぬはずだ、もし不幸な人たちのために働いたり、金を使ったりしなかったならな。他人が幸福なのを見ることは、彼らを幸福にする。だから、金や労力を払ってまでも、彼らは買うのだ、自分たちが求めていたものをな――つまり、幸福感や自己満足だ。どうして守銭奴は同じことをしないのか？　なぜなら、彼らは一〇〇〇倍も多くの幸福感を得られるからなのだ、そういう行為をしないことによってだ。ほかに理由など一つもない。彼らはただ、自分たちの作りの法則に従っているだけなのだ。

若者　じゃあ、義務のための義務ということについては、どう考えますか？

老人　そんなものは存在しないな。義務が果たされるのは、義務のためではなくて、義務を怠ったりすると、その人間が落ち着かない気分になるからなんだ。人間が果たすのは、たった一つの義務だ――つまり、自分の精神を満足させるという義務、自分自身を自分自身にたいして気持ちよくさせる、という義務だ。もし彼がこのたった一つの、これだけの義務を、この上なく満足に果たすのに、隣人を助けることでできるのなら、彼は必ずそれをするはずだ。もし、その義務をこの上なく満足に果たすのに、隣人を欺くことで果たせるのなら、彼は必ずこれをするはずだ。だが、いつも彼が求めているのは、「ナンバー・ワン〔主衝動〕」だ――第一にな。他人にたいする効果などは、第二の問題なのさ。人間はよく自分を犠牲にしているなどと言うが、こんなものは、その言葉の通常の真義からすると、存在などしないし、また存在したこともなかった。人間はよく正直に考えている。自分が自分自身を犠牲にしているのは、ただただ他の人のためなのだ、などとな。だが彼はダマされているのだ。彼の心の底にある衝動は、自分の本性と鍛錬とが要求するものを満足させることであり、そのようにして自分の魂のために平和を得ることとなのだからな。

若　者　それなら明らかに、人間というものはすべて、善人にしろ悪人にしろ、どちらも、その身を捧げるのは自分の良心を満足させるためなのですね?

老　人　そうだ。それが一番ふさわしい名前だろうな、それを呼ぶのには。「良心」――あの自主独立した「主権者」、あの傲慢(ごうまん)なる絶対の「君主」。人間の内部にあって、人間の「主人」なるものだ。良心にも、ありとあらゆる種類のものがあるが、それは人間にも、ありとあらゆる種類のものがあるからだ。暗殺者の良心だって場合によっては満足させられるし、博愛主義者の良心だって、守銭奴の良心だって、押し込み強盗の良心だって、やはり満足させることができる。一つの指針ないしは動機として、それが、厳然と規定されたどんな道徳や品行(ただし**鍛錬**は別だが)にたいしても役立つかと考えた場合、人間の良心などというものはまったく価値のないものなのだ。わしは心のやさしいケンタキー人をひとり知っている。しかし彼は自分自身からの賛成が得られずにいるのだ――いや、彼の良心が彼を苦しめている、正確な言い方をすればそういうことになる――**なぜなら、彼はある男を殺さなければならないのに、それを怠っていたからだ**――相手の男をそれまで見たこともなかったのだからな。その見知らぬ男は、この男の友だちを喧嘩(けんか)の最中に殺していた。それで、この男のケンタキー魂という鍛錬の成果が、彼に義務を負わせて、その見知らぬ男を殺し、仇（かたき）を討つようにと命じた。男はこの義務を怠った——ずっと避けつづけていた。ズルをきめつづけていた。先延ばしに延ばしつづけていた。だから、彼のきびしい良心は彼を責めつづけてこの怠慢をなじった。そこでついに、心の安らぎや、慰安や、自己満足を得るために、彼はその見知らぬ男を捜し出して男の命を奪った。それは、すばらしい**自己犠牲**の行為だった（世間一般の定義からすればだよ）、なぜなら、彼はそんなことはしたくなかったからだ。そんなことは決してしなかったはずなのだ、もし、精神の満足や心の平安を買うのに、もっと小さな代償ですませることができたならばな。だが、われわれ人間というものは奇妙な作り方をされていて、**どんな代価**を払ってでもそうした満足を得ようとするものなのだ——他人の生命を奪ってでもな。

若　者　あなたは、ちょっと前に、**鍛錬された**良心について話しをしましたね。おっしゃる意味は、こういうことなのですね、つまり、われわれは**生まれながらに**良心をもっているわけではない。われわれを正しく導いてくれるような力のある良心なんか、もっていないのだと？

老　人　ああ、もしもっていたら、子供や野性人だって善悪の区別はつくはずだ。そして教えられる必要なんかないはずだ。

若者　でも、良心は鍛錬されることができるんですね？

老人　できるよ。

若者　もちろん、両親や、先生や、聖職者や、書物によってですね。

老人　そうだ——みんなそれぞれの役割を果たしている。できることは何でもやっているのだ。

若者　そしてその他のことをやっているのは——

老人　そう、誰にも気づかれない何百万という影響力だ——善かれ悪しかれな。その影響力というのは、休みなく働いていて、人間が目を覚ましているときは絶え間なく一生のあいだ続くのだ、揺籃（ゆりかご）から墓場までな。

若者　あなたは、そういったものを一覧表にしたことがあるんですね？

老人　その中の多くを——ああ、やったことがあるよ。

若者　それじゃ、その結果を読み上げていただけますか？

老人　またの機会になら、読んであげよう。なにしろ一時間もかかるからね。

若者　良心というものは、それを鍛錬して悪を避け、善を選ばせるようにすることができるのですね？

老人　できるよ。
若者　でも、善を選ぶのは、精神を満足させる理由があるときだけなんですね？
老人　良心というものは、それを鍛錬して、あることをさせようとするとき、**ほか**の理由からではダメなのだ。そんなことは不可能なのだ。
若者　人間の歴史の中には**きっと**どこかに、純粋でまったく自己犠牲的な行為が記録されているはずです。
老人　きみは若い。きみの前途にはまだ何年もの年月がある。ひとつ探してみることだな。
若者　ぼくにはこう思えるのです。つまり、ある人が見ると、自分と同じ人間が水の中でもがいています、そこで自分の命を犠牲にして飛び込み、その人間を助けようとし――
老人　まあ待ちたまえ。その**人**というのは、どんな人なのかね。その**同じ人間**というのは、どういう人間かね。ハッキリさせてほしいのは、その場には**ほかに見ていた人たち**がイルのかイナイのか、それとも二人**きり**なのかどうか、ということだ。
若者　そんなこと、この立派な行為とどんな関係があるんですか？
老人　大いにあるね。じゃあ、こう仮定してもいいかな、まず手始めに？　つまり、その二人はたった二人っきりで、人気のない場所にいて、しかも真夜中だったとするのだが。

若者　ええどうぞ、お好きなように。

老人　それにだ、溺れかけている人間がその男の娘だとしたら？

若者　いえ、それはその――誰かほかの人にしてください。

老人　それじゃあ、薄ぎたない飲んだくれのヤクザだとしたら？

若者　なるほど。状況によっては話が違ってきますね。で、ぼくの考えでは、ほかに誰もその行為を見ている者がいなければ、その人はそういう行為はしないでしょうね。

老人　だが、あちこちにいるのだよ、それでもやろうとした人間がな。たとえば、あの人たちがそうだ。あの男は自分の命を落としてまでも子供を火事から助け出そうとした。また、あの男は、困っている老婆になけなしの二五セントをやってしまい、自分は吹雪のなかを歩いて家まで帰っていった。――あっちこっちにいるんだよ、こういうふうに、それでもやろうとした人間たちがな。そして、それはなぜか？　その理由は、自分と同じ人間が水の中でもがいているのを見たのに、飛び込んで助けに行かないことに耐えることができなかったからだ。そうしなければ、彼らは苦痛を感じるはずだからだ。だから、自分と同じ人間を助けようとしたのだ。**そうでなければ、そんなことはしなかったはずだ。**彼らはあの法則にあくまでも従っただけのことだ、わしがこれまで力説してきたあの法則にな。きみはよく憶えていて、いつも人間を区別して考えなければいかん。人間にはものごとに**耐えることのできる人間と、できない人間**とがあるのだからな。そうすれば、ハッキリとするはずだ、数多くの、うわべだけが「自己犠牲」だという事例の実態がだ。

若者　ああ、なんと言うことだろう。どれもこれも、胸くその悪くなるような説ですね。

老人　そうだ。そして、まさに本当のことなのだ。

若者　じゃあ、これはどうですか——あの善良な子供の場合は。その子は、自分ではしたくないのに、いろいろなことをするのですよ、母親を喜ばせるために。

老人　そういう行為でも一〇のうち七までは、母親を喜ばせることがそのまま**自分**を喜ばせることになるから、するのだ。その利益の大半を反対方向に投げてごらん。そうしたら、どんなに善良な子供だって、絶対にそんな行為はしないはずだ。その子にしたってあの鉄の法則には従わ**ざるを得ない**のだ。誰もそれから逃れることはできないのだ。

若者　そうですか、それなら、不良少年の場合はどうです、その少年は――

老人　そんなものを持ち出す必要はないね。時間の無駄だよ。そんなものは問題ではないのだ、不良少年の行為なぞはな。たとえその行為がどんなものであれ、それには精神を満足させてくれる理由があったのだ。さもなければ、きみは間違ったことを聞かされていたのだ。そして、彼はそんなことはしていなかったのだ。

若者　ずいぶん腹立たしい話ですね。ちょっと前に、あなたはおっしゃいましたが、人間の良心というものは、道徳や品行にたいして生まれながらの判定者ではなく、教育や鍛錬を受けねばならぬものだ、ということでしたね。そこで、ぼくは考えるのですが、良心だって眠くなったり、ダルくなったりすることがある。しかし、それが間違った方向に行くことがある、なんて考えませんね。だから、もし、あなたがその良心を目覚めさせさえすれば――

ある小さな逸話

老人　では、ある小さな逸話を聞かせてあげよう。

むかしむかし、ひとりのイスラム教徒が、キリスト教を信じている後家さんの家に客となって泊まっておった。ところが、その後家さんの坊やは病気で、いまにも死にそうだった。イスラム教徒は、何度も枕元に行っては看病をし、いろいろな話をしてその子を喜ばせていた。そして彼はこの機会を利用して、自分の天性がもっている一つの強い願望を満足させようとしていた——われわれすべての人間の中にあるあの欲望だ。つまり、ほかの人たちの状態を少しでもよくしてやろうとして、その人たちに自分と同じ考え方をさせようとしたのだ。彼は成功した。だが、その瀕死(ひんし)の子供は、いまわの際(きわ)に、彼を責めて、こう言った——

「ぼくは信じていました。そして信じていることで幸福でした。ところが、あなたはぼくの信仰を奪ってしまいました。それに、ぼくの心の平安までも奪ったのです。今では、ぼくには何も残っていません。そして、ぼくは惨めに死んでゆくのです。なぜなら、あなたがぼくに話してくれたことは、ぼくが失ったものの代わりにはなってくれないからです」

するとﾞ、母親もまたこのイスラム教徒を責めて、こう言った——

「子供は永遠に迷える子となりました。そして、わたしの胸は張り裂けました。あなたは、どうしてこんな残酷なことができたのですか？　わたしたちは、あなたに対して、何の悪さもしておりません。ただ親切をつくしてあげただけです。この家をあなたのお家（うち）のようにしてあげました。わたしたちが持っているものをすべて自由に使っていただきました。それなのに、これがその報いなのです」

イスラム教徒の胸は、後悔の念でいっぱいになった。自分がこんなことをしてしまったからだ。そこで彼は言った――

「わたしが、いけなかったんです――今それが分かりました。しかし、わたしはお子さんに善いことをしようとしていただけなのです。わたしの考えからすれば、お子さんの考えは間違っていました。ですから、真実を教えてあげるのがわたしの義務だと思えたのです」

するど母親はこう言った――

「わたしは、この子に教えてきました。この短い生涯のあいだずっと教えてきました。わたしが真実だと信じていたことをすべて教えてきました。そして、この子が信仰をもつことで、わたしたち二人は共に幸福でした。今この子は死んでしまいました――そして迷える子となっているのです。そして、わたしは惨めな思いをしています。わたしたちの信仰は、何世紀も昔からそれを信じていた祖先から受け継いできたものです。あなたは、あるいは誰にしろ、それを邪魔しようとなさるのですか？　何の権利があって、あなたの名誉はどこにあったのです、あなたの恥辱はど

こにあったのですか？」

若者　彼は悪党だったんです、死にも値する男だったんだ！

老人　彼は自分でもそう思った。だから、そう言ったのだ。

若者　そうら――ごらんなさい、**彼の良心が目覚めさせられたんですよ！**

老人　そうだ――彼の「自己不満足」がな。母親が苦しむのを見て、彼の心は**痛んだ。**彼は残念に思った。**自分の心に苦痛**をもたらすようなことをしてしまったのだからな。母親のことを考えに入れるなぞということは、彼の心に浮かばなかったのだ。彼がその子供に間違った教えを説いていたときにはな。なぜなら、彼はそのとき、自分自身に**喜び**を与えることに夢中になっていたからだ。それを与えるには、自分が義務の声だと信じ込んでいるものを満足させればそれでいいのだ、とな。

若者　あなたがそれを何と呼ぼうとかまいませんが、ぼくにとっては、それは**目覚めさせられた良心**の問題ですね。その目覚めさせられた良心は、二度とそのような種類の悩みに自らをおとしいれることはありえないでしょう。そのような治療法は**永久的な治療法**なんですから。

老人　おっと失礼――わしの話は、まだ終わってはおらんのだよ。われわれ人間というものは、**外部からの影響力**によって創られるものだ――つまり、われわれは内部からは何ひとつ創り出してはいない。われわれが新しい考え方を身につけたり、いつの間にか新しい信念をもったり行動したりするときは必ず、その衝動はいつも外部から暗示されているのだ。後悔の念がこのイスラム教徒の心をあまりにも苦しめたために、その後悔の念が子供の信仰にたいする彼の冷酷さを消し去り、彼にこんなことをさせるようになったのだ。つまり、その子供の信仰を考えるにも寛容な心をもって、次には親切な心をもって、そしてやがては優しい心をもって、その子供のためにも、また母親のためにも考えるように、とな。そして最後に気がつくと、自分自身でその信仰を検討していた。その瞬間から、彼の新しい考え方の進歩は着実なものとなり、急速なものとなった。そして彼は信仰の篤(あつ)いキリスト教徒になった。すると今度は、彼の後悔の念が、というのは、死にかけていた子供から、その子供の信仰とその子供の救済とを奪ってしまったからなのだが、その後悔の念が、前にもまして激しいものになってきた。そのため、彼の心には少しの安息も、少しの平安もなくなった。彼はなんとしても安息と平安とが必要だった——これは、われわれ人間の本性の法則だ。それを得るには、たったひとつの方法しかないように思われた。つまり、彼は危機にさらされた人たちの魂を救うことに、自分自身を捧げなければならないと思った。そこで彼は宣教師になった。そして、ある異教徒の地にたどりついた。健康をそこね、手の施しようもない体になってだ。すると、現地のある後家さんが、みすぼらしい自分の家に彼を連れていって、看病をし、健康をとり戻してくれた。やがて、彼女の幼い子供が、回復の見込みもないほどの重病にかかった。そこで恩義を忘れぬその宣教師は彼女を助けて、子供の看病にあたった。ここに彼の最初の機会があった。自分が前に犯した過ちの一部なりとも償う機会だ。あのもう一人の子供にたいして犯した過ちのな。そこで、今度の子のために貴重な奉仕をしようとして、この子の信じている偽りの神々にたいする愚かな信仰を土台からつき崩そうとした。彼は成功した。だが瀕死のこの子は、いまわの際に彼を責めて、こう言った——

「ぼくは信じていました。そして信じていることで幸福でした。ところが、あなたはぼくの信仰を奪ってしまいました。それに、ぼくの心の平安までも奪ったのです。今では、ぼくには何も残っていません。そして、ぼくは惨めに死んでゆくのです。なぜなら、あなたがぼくに話してくれたことは、ぼくが失ったものの代わりにはなってくれないからです」

すると、母親もまたこの宣教師を責めて、こう言った——

「子供は永遠に迷える子となりました。そして、わたしの胸は張り裂けました。あなたは、どうしてこんな残酷なことができたのですか？　わたしたちは、あなたに対して、何の悪さもしておりません。ただ親切をつくしてあげただけです。この家をあなたのお家のようにしてあげました。わたしたちが持っているものをすべて自由に使っていただきました。それなのに、これがその報いなのです」

宣教師の胸は後悔の念でいっぱいになった。自分がこんなことをしてしまったからだ。そこで彼は言った――

「わたしが、いけなかったんです――今それが分かりました。しかし、わたしはお子さんに善いことをしようとしていただけなのです。わたしの考えからすれば、お子さんの考えは間違っていました。ですから、真実を教えてあげるのがわたしの義務だと思えたのです」

すると母親はこう言った――

「わたしは、この子に教えてきました。この短い生涯のあいだずっと教えてきました。わたしが真実だと信じていたことをすべて教えてきました。そして、この子が信仰をもつことで、わたしたち二人は共に幸福でした。今この子は死んでしまいました――そして迷える子となっているのです。そして、わたしは惨めな思いをしています。わたしたちの信仰は、何世紀も昔からそれを信じていた祖先から受け継いできたものです。何の権利があって、あなたは、あるいは誰にしろ、それを邪魔しようとなさるのですか？　あなたの名誉はどこにあったのです、あなたの恥辱はどこにあったのですか？」

宣教師の苦悩にみちた自責の念と、裏切りの意識とは、このとき実に激しく、絶えずつきまとい、癒すことのできぬものとなった。それは、まえの場合と同じだった。わしの話は、これで終わりだ。で、きみの意見はどうかね？

若者　その男の良心は、バカげたものでした！　病的でした。善悪の区別も、つかなかったんですからね。

老人　わしは残念には思わんよ、きみがそんなふうに言うのを聞いてもな。もし、一人の人間の良心が善悪の区別もつかない、ということをきみが認めるなら、それは、こういうことを認めることになるのだからね。つまり、そういう人間がほかに何人もいる、ということをな。これ一つ認めるだけで、良心の判断には絶対に誤りがないという教理をすっかりくつがえすことになるんだ。ところで、もう一つ、きみに気づいてもらいたいことがあるんだよ。

若者　え、なんですか、それは？

老人　つまり、この二つの場合とも、その男の行為は自分に精神的な不快感を少しも与えてはいないということと、自分の行為にひどく満足して、そこから喜びを得ているということだ。だが後になって、それが彼にとって苦痛に変わると、彼は申し訳ないと思った。他人に苦痛を与えてしまったことを、申し訳ないと思った。だがその理由は、この太陽のもとにあって、ただ一つしかない。つまり、他人の苦痛が彼に苦痛を与えたからなのだ。われわれ人間の良心というものは、他人に加えられた苦痛などまったく意に介さないのだ、それがわれわれに苦痛を与える点にまで達しない限りはな。あらゆる場合において、例外なしに、われわれ人間というものは他人の苦痛には完全に無関心なのだ、その人の苦痛がわれわれを不愉快にしない限りはね。数多くのイスラム教徒が、あのキリスト教徒の母親の悲嘆によって心の痛みを感じたことはなかったはずだ。きみは、そうは思わないかね?

若者　ええ、そう思います。普通のイスラム教徒についてなら、まあ、そう言えると思います。

老人　それにまた、多くの宣教師たちにしたって、義務感にひどくこり固まっている者なら、あのイスラム教徒の母親の悲嘆に心を動かされることなどなかったはずだ――たとえば、カナダのイエズス会の宣教師たちだ、初期フランス統治下のな。パークマン［フランシス・パークマン（一八二三―九三）。アメリカの歴史家］が引用している幾つかのエピソードを見てみるがいい［そのエピソードは彼の『一七世紀の北アメリカにおけるイエズス会士』（一八八〇）の中にある］。

若　者　じゃあ、この辺でいったん席を移しましょう。さてと、話はどこまでできていましたっけ？

老　人　ここまでだよ。つまり、われわれというものは（人類のことだが）、われわれ自身に正札をつけて随分たくさんの特性をぶらさげているが、その特性には誤解を招くような名前をつけてきた、ということさ。「愛」だとか、「憎しみ」だとか、「慈悲」だとか、「同情」だとか、「貪欲」だとか、「博愛」だとか、そういった名前をな。つまり、わしが言いたいのは、われわれは、誤解を招くような意味づけを名前にくっつけている、ということだ。その意味づけはすべて、一種の自己満足、自己陶酔にしかすぎない。しかし、その名前だって自分をうまく偽装していて、われわれの注意を事実からそらしているのだ。そのうえ、われわれはある言葉をこっそりと辞書の中に忍び込ませているのだ、本来なら決してそこには入っていないような言葉——つまり「自己犠牲」などという言葉だ。この言葉は、ありもしないものを説明しているのだ。だが、いちばん悪いことは、われわれが例の「唯一絶対の衝動」を無視していて、これについてはまったく触れていない、ということだ。この

「唯一絶対の衝動」こそ、人間のあらゆる行動を指令し、強制するものなのにな。この衝動こそ、いかなる緊急事態にあっても、またどんな代償を払ってでも、自己満足を得なければならぬという、あの絶対的な必要性のことなのだ。この必要性に、われわれは、われわれの存在のすべてを負うている。それは、われわれの呼吸であり、われわれの心臓であり、われわれの血液なのだ。それは、われわれの唯一の拍車であり、われわれの鞭であり、われわれの突き棒であり、われわれの唯一の推進力なのだ。われわれは、ほかには何ももっていない。これなしでは、われわれは自動力のない単なる幻影にしか、死体にしか、すぎないのだ。誰ひとり、何もしはしないはずだ。何ひとつ、進歩はないはずだ。世界は、静止してしまうはずだ。われわれは、うやうやしく脱帽して頭を垂れるべきなのだ、この途方もない推進力の名前が発せられたときにはな。

若者　ぼくにはまだ納得がいきませんが。

老人　いや、いくようになるさ、じっくり考えればな。

第三章　適切な例証

老人　きみは「自己満足の福音」について考えてみたかね、このまえ話し合ってから後で？

若者　ええ、考えてみました。

老人　それはこの、わしだったのだよ、きみに考える気をおこさせたのはね。つまり、**外部からの影響力**がきみにそうさせたのだ。――きみ自身の頭のなかで生まれたものではない。このことをしっかり心に留めて、忘れないようにしてほしいね。

若者　ええ。でも、なぜですか？

老人　なぜなら、そのうち、おいおいと、われわれの話のなかで、次のようなことをきみの心に更にしっかりと焼きつけておきたいからなのだ。つまり、きみであれ、わしであれ、どんな人間であれ、一つの考えを自分の頭のなかで創り出すことなど絶対にできない、ということをだよ。**考えを口にする者は、いつだって、受け売りの考えを口にしているに過ぎないのだ。**

若者　いや、それは――

老人　まあ、待ちたまえ。きみの意見はしまっておいて、われわれの話がその問題のところに来るまで待っていたまえ――まあ、明日か明後日(あさって)になると思うがね。さて、そこでだが、きみは例のわしの主張を考えてくれていたね。いかなる行為も、それが生まれるのはただ自己満足の衝動からだけだ――（本質的にはそうだ）という主張。そして、きみはいろいろ探し求めた。で、どんなことを見つけたかな？

若者　あまり、うまくはいきませんでした。いろいろと立派な、明らかに、自己犠牲的な行為を小説や伝記などで検討してはみたんですが、それがどうも――

老人　いろいろ綿密に分析してみたら、見せかけの自己犠牲はなくなってしまった、というわけだね？　それは当然、そうなるはずだ。

若者　でも、ここにあるこの小説［フロレンス・ウィルキンスン『山々の頂きも主のもの』（一九〇二）］の中には、一つありそうです。これは見込みがありそうです。アディロンダック［ニューヨーク州北東部の山岳地帯］の森に、一人の賃金労働者が住んでいました。彼は聖職者ではない世俗の伝道者も兼ねていて、この森のあちこちにある木材伐り出し場にも出向いていました。というのも、高潔な性格の持ち主であったし、信仰心の篤い人物だったからです。あるとき、ニューヨークの貧民街に住んでいた真面目でよく働く労働者が一人、この森に休暇を利用してやってきました——この男、ある地区の大学セツルメント運動の指導員をしていたのです。ホームは、つまり例の賃金労働者のことですが、この指導員に刺激されて、自分のすばらしい世俗的な出世の見込みをすて、イースト・サイド［ニューヨーク市の東部にある貧民街］に行って、みんなの魂を救おうとしました。このような犠牲を、神の栄光のために、そしてキリストのために、はらうことが真の喜びだと考えたからです。で、これまでの仕事をやめ、嬉々として犠牲をはらい、イースト・サイドに行って、キリストのことを説き、十字架にかかったイエスのことを説き聴かせました。毎日毎夜です。ところが相手は、未開の国からやってきた貧困者たちの小さな群れでしたから、この連中はただ嘲り笑うばかりです。しかし、彼はいくら嘲笑されても、喜びを感じました。なぜなら、彼はその嘲笑を、ひたすらキリストのために耐え忍んでいたからです。あなたはこれまで、ぼくの心をさまざまな疑惑で満たしてきました。だからぼくは、見つけ出そうとたえず考えていたのです。なにか隠された疑わしい衝動が、彼のこうしたすべての行動の裏にあるのではないか、とね。でも、有難いことに、見つけることはできませんでした。この男は自分の義務だけを見たのです。そしてこの義務のために自分を犠牲にして、それが課した重荷を背負い込んだのです。

老人　その程度かね、きみに読めたのは？

若者　そうですが。

老人　もう少し深い読み方をしてみようじゃないか、いずれそのうちにな。ところで、自分を犠牲にするとき——本質的には、神の栄光のためではなくて、その男は神の栄光のためだなどと想像していたようだが、そうではなくて、まず第一に、彼の心の中にいるあの厳しい、毅然たる主人を満足させるためなのだがな——彼は、ほかの誰かを犠牲にしたかね？

若者　それは、どういう意味ですか？

老人　彼は有利な地位をすてて、わずかばかりの食物と宿とをその代わりに得たわけだ。彼に、扶養家族はいたかね？

若者　さあ——ええ、いました。

老人　それじゃ、どのように、そしてどの程度、彼の自己犠牲は家族の者たちに影響を与えたかね？

若　者　まず、老齢のために退職した父親を養わねばなりませんでした。それから、妹が一人いましたが、じつに美しい声の持ち主でした――それで彼は、音楽教育を受けさせていました。自活したいという本人の希望を満足させてやるためです。さらに彼は金を工面して弟を工業学校に通わせ、土木技師になりたいという弟の願いを叶えさせてやろうとしていたのです。

老　人　年老いた父親が味わっていた安楽な暮らしは、いまや切り詰められたわけだね？

若　者　かなりの程度。切り詰められました。

老　人　妹の音楽教育も、やめざるを得なかったね？

若　者　そうです。

老　人　弟の教育のほうだって――つまり、恐ろしい胴枯病があの幸福な夢におそいかかって、そのため彼は木材を伐りに行かねばならなくなった、年老いた父親を養うためとか、何かそのようなことでな？

若　者　だいたいその通りです。そうです。

老　人　なんともご立派な自己犠牲を行なったものだな！　わしには思えるのだが、

彼はすべての人間を犠牲にしたわけだ、自分自身をのぞけばな。わしは、きみに言わなかったかね、どんな人間だって自分自身を犠牲にすることは決してないのだ、とね。そのような例は、どこにも記録されていないのだよ、とね。人間の「心の中の絶対君主」が、その奴隷にあることを要求すれば、一時的な満足のためにしろ恒久的な満足のためにしろ、その要求は満たされなければならないし、必ず満たされるはずで、その命令は守られるのだ、たとえ誰が邪魔しようと、また、それによって災いを被ろうとも、とね？　その男も、自分の家族を破滅させて、自分の「心の中の絶対君主」を喜ばせ、満足させ――

若　者　そして、キリストの教えに従おうとするのです。

老　人　そうだ――第二義的には、そうだ。第一義的ではないのだ。彼はそれが第一義的だと思い込んだのだがな。

若　者　けっこうです。そうしておきましょう、そうおっしゃりたいのならね。でも、こういうことだってあり得ますよ。つまり、彼の主張は、もし自分がニューヨークで、一〇〇人もの魂を救えるなら――

老　人　その家族の犠牲を正当化するはずのものが、あの大きな利益によるもので、その利益を生むものが、あの――あの――なんて言ったらいいのかな？

若者　投資ですか？

老人　とんでもない。**投機**に何ができるというのかね？　**ギャンブル**に何ができるというのかね？　たった一人の魂を虜にすることだって、確実ではないんだよ。彼が勝負に出たのは、三三〇〇パーセントの利益がひょっとして手に入ると思ったからなんだ。それは**ギャンブル**だったんだ――自分の家族を「チップ」［点棒］にしてな。しかし、そのゲームがどうなったか見てみようじゃないか。おそらく、そこに隠されている原の衝動、つまり**真の**衝動の跡をたどることができるかも知れないからな。なぜなら、その衝動こそが彼を動かして、自分の家族を、「救世主」のためといって、あれほどまでに気高く犠牲にし、それがために自分はわが身を犠牲にしていると思い込んでいたのだからね。もう一、二章、読んであげよう……ああ、このところだ！　真相は、遅かれ早かれ、おのずと明らかになるはずだった。彼はイースト・サイドの貧民たちに説教をした、しばらくのあいだな。それから、もとの木材伐り出し場での退屈で、人目につかぬ生活に逆戻りした。「心の芯まで傷つき、誇りもうち砕かれて」だ。なぜだろう？　彼の努力が、「救世主」に受け入れられないものだったからか？　「救世主」のためにだけその努力はなされたはずなのにな。ああ、何ていうことだ、そのへんの詳しいことは、**忘れちまって**いる。ひとことだって触れていない。それが動機となって始まったのだ、という事実さえ、完全に忘れ去られているのだ！　それなら、問題は何なのか？　この女流作家はまったく無邪気というのか、無意識のうちにというのか、そのことをすっかり見捨てちまっている。問題はここだったのだ。つまり、この男は貧しい人たちにただ**説教をした**だけなのだ。それは、大学セツルメント運動のやり方ではないのだ。この本はそれよりも大きな、さらに立派な問題を扱っている。そして、あの未熟な救世軍的な熱弁に熱狂してもいなかった。ホームという男に対しても、丁重だった――だが、冷たかった。彼を甘やかしもしていないし、胸に抱きとめることもしなかった。**「栄誉についての彼の夢は、すべて消えた――称賛も、有難い賛成も――」**いったい誰のか？　救世主のか？　いいや、そうではない。救世主のことなど、ひとことも触れられていないのだ。それじゃ、誰のだ？「彼の**仲間の労働者たち**」のだ。なぜ彼はそんなものが欲しかったのだ？　なぜなら、彼の心の中にいる「主人」が、それを望んだからだ。そして、それがなければ満足しようとしなかったからだ。さっき強調して引用した文章が、その秘密を明らかにしている。われわれが探し求めていた秘密、つまり、原の衝動、**真の**衝動をだ。この衝動こそ、人目につかず、真価を認められないアディロンダックの木材伐り出し職人を動かして、自分の家族を犠牲にし、十字軍となってイースト・サイドくんだりまで出かけさせたのだ――このことを見ても、原の衝動はこうだということが分かる。つまり、そのことを知らずに**彼はそこへ出かけて行って、無頓着な世間の人たちに、彼の内にある大きな才能を示して、栄光にまで上りつめようとしたのだ。**前にも注意したように、いかなる行為も、その生まれてくる源はただ一つの法則、つまり一つの動機だけなのだ。だが、いいかね、この法則をそのまま鵜呑みにしないでほしい、いくらわしがそう言ったからといってな。自分でもじっくりと検討してほしい。自己犠牲の行為について読んだり、聞いたり、あるいは**義務のために**なされた義務について読んだり、聞いたりしたら、必ずそれを細かく分解して、真の動機を探ってみてほしい。動機は必ずそこにあるのだからね。

若者　ぼくは、ちゃんと、それをやっています、毎日。やらないではいられないのです。もう始めてしまったのですからね、この下劣で腹立たしい探究を。なぜって、それはいまいましいほどに興味があるからです！――実際、うっとりするほどだ、と言ってもいいでしょう。なにか本など読んでいて、黄金のような立派な行為に出くわしたら、必ずすぐに読むのをやめて、その行為を取り出し、検討することにします。しないではいられませんから。

老人　これまでに一つぐらいは見つけたかね、例の規則に当てはまらないような行為を？

若者　いいえ——ごく小さなものでも、まだです。でも、こんな場合はどうですか、ヨーロッパで行なわれている、あのチップをやる習慣です。あなたはホテルにちゃんとサービス料を支払いますね。だから、ボーイたちに借りているものは、何もないわけですよ。それなのに、また彼らにチップを払う。これは規則に当てはまらないのではありませんか？

老人　どんなふうに当てはまらないのかね？

若者　チップなんかやる必要はないんですよ。だから、その行為のもとになるものは、ボーイたちの給料が安いという情況に対する同情ですよ。それに——

老人　これまでに、そうした習慣がきみを困らせたことがあるかね、きみを悩ませ、きみをいらだたせたようなことが？

若者　そうですね——ありますね。

老人　それなのに、きみはまだその習慣に従っているわけだ？

若者　もちろんです。

老人　どうして、もちろんなのかね？

若者　そりゃあ、習慣というのは規則だからですよ、ある意味でね。そして規則には従わなくちゃいけません——誰でもそれを義務だと認めているのですから。

老人　それじゃ、きみは腹立たしいその税金のようなチップを義務のために払うわけだな？

若者　まあ、そういうことになるでしょうね。

老人　それじゃ、きみの心を動かしてチップを払わせようとするその衝動は、必ずしも哀れみや、慈愛や、慈善だけとは限らんわけだね？

若者　そうですね——恐らくそうでしょう。

老人　少しはそうなのかな？

若者　ぼくは——たぶん、ずいぶん急ぎすぎてその根本の動機を探しあてようとしていたようです。

老人　たぶん、そうだろうな。きみがそのチップの習慣を無視したら、きみは、テキパキとした有効なサービスを従業員たちから受けられるかね？

若者　えっ、なんていうことをおっしゃるんです！　あのヨーロッパのホテルの従業員のことでしょう？　むろん、サービスなんか、てんでしてもらえませんね、これといったサービスはね。

老人　そのことは、衝動として作用することはできなかったんだ、きみの心を動かしてそのチップを払わせる衝動としてはな？

若者　否定するつもりはありませんね。

老人　とすると、これはどうやら、義務のためという問題であって、それに少しばかり自己利益というものがつけ加えられただけのことなんだね？

若者　ええ、そうらしいですね。しかし、問題が一つあります。つまり、ぼくらは、そのチップを払いながらも、それが不当なものであり、強要だということを知っているのです。それなのに、立ち去るときには心に痛みを感じてしまうのです。もしぼくたちが、あの貧しい連中にケチケチしていたのだ、などと考えたときにはね。ですから、心の底から願うのです、もう一度ひき返したい、そうすれば正しいことができるのだから、いや、正しいこと以上のこと、つまり気前のいいことができるのだからと。あなたには難しいことだと思いますよ、こんな衝動の中に自分を思う心が少しでもあるのだ、と気がつくことはね。

老人　おや、どうしてそんなふうに考えるのかね。サービス料がホテルの勘定書の中に入っているのを見たとき、それがきみに腹を立てさせるわけかね？

若者　いいえ。

老人　それじゃ、その総額について不満があるのかね？

若者　いいえ、そんなことは心に浮かびもしないでしょう。

老人　それじゃ、その費用は腹立ちの種ではないというわけだ。それは定まった請求額だ。だから、きみも喜んで払う。文句ひとつ言わずに払う、というわけだ。ホテルの従業員に払うという段になったとき、きみはどう思うかね、もしボーイやメイドがそれぞれ額をきめていたら？

若者　どう思うかですって？　そりゃあ、嬉しく思いますよ！

老人　その定まった額というのが、少しばかり多くてもかね、きみがチップという形でいつも払っていた額よりも？

若者　もちろん、そうです！

老人　それなら結構。わしの理解するところでは、本当は同情でもなければ、義務でもないんだ、きみの心を動かしてそのチップを払わせるのはね。それに、チップの額でもないのだ、きみに腹を立てさせるのはね。それでいて、何かがきみに腹を立てさせる。それは何なんだね？

若者　そうですね、問題はこういうことです。つまり、いくら払ったらいいか分からない、ってことです。チップはそれほど違っているんです、ヨーロッパ全体ではね。

老人　だから、こっちで見当をつけなきゃいけない、というわけだね？

若者　ほかに方法がありませんからね。そこで、考えに考えを重ねたり、計算したり見当をつけたり、ほかの人に相談してその意見を聞いたりするわけです。そして、そのために眠れなくなります、毎晩。そして、昼間だって気も狂わんばかりになるんです。景色を眺めているような振りをしていても、ただ見当、見当、見当と、しじゅうそんなことを考えて、心を悩ませ、惨めな思いばかりしているのです。

老人　それもみんな借金のことでだ。そんな借金なんか自分が借りてもいないものだし、払う必要だって、その気にならなければないものなのだ！　妙な話だね。何のためなんだね、見当をつける、っていうのは？

若者　見当をつけようというのは、彼らにいくらやるのが正しいのか、そして、彼らの誰にとっても不公平にならないようにするには、いくらがいいのか、ということです。

老人　じつに気高いお姿だね――それほどまでに苦労を重ね、それほどまでに多くの貴重な時間を費やして、哀れな従業員のために正当さと公平さとを期そうとしているのだからね。しかもその従業員に対しては、きみはビタ一文借金しているわけではなく、ただ連中は金に困っていて、給料も安い、というだけのことなのにね。

若者　自分でも思うんですが、その背後にたとえ何か不愉快な動機があるにしても、それを発見するのは難しいはずです。

老人　きみにはどのようにして分かるのかね、もしきみが従業員に対して正当に支払わなかった場合には？

若者　そりゃあ、彼はただ黙っていますからね、礼を言いませんから。ときには、変な顔つきをします、こっちが恥ずかしくなるような。こっちにだってプライドがありますから、その場で自分の間違いを訂正するわけにはいきません、みんなが見ているようなときにはね、そして後になって後悔しつづけるんです、ああ、やっておけば**よかった**なぁ、とね。いや、その恥ずかしさ、苦しさといったらありませんよ！　ときには、素振りなどで分かることがあります、**実にうまく**いったぞ、ということがね。そういうときには、こっちも大いに満足してその場を離れることができます。ときには、相手があふれんばかりに有難がるので、こっちは、悟ることがあります、さては、たっぷりとやりすぎちまって、あれは必要**以上**だったんだな、とね。

老人　**必要**だって？　何のために必要かね？

若者　彼を満足させるためにです。

老人　きみはどんな気持ちがする、**そんなとき**？

若者　後悔です。

老人　わしはこう思うね。つまり、きみが心配していたのは、正当な額がいくらなのか見当をつけることではな**く**て、どれだけやれば相手を**満足させられるか**、ただそれを探り当てることだけだった、ということだ。そして、わしは思うのだが、きみはそれに対して自分を欺く理由をくっつけたのだ。

若者　理由って、何ですか？

老人　もし、きみのチップが相手の期待し望んでいた額よりも少ないと、きみは変な顔つきをされるわけだ、**人前で恥をかかされる**ような顔つきをね。それがきみに苦痛を与えるのだ。**きみにだ**——なぜなら、きみは自分自身のために努力しているだけで、相手のためではないからだ。もしチップをやりすぎた場合でも、きみは自**分自身を恥ずかしく思う**はずだ。そしてそれが、**きみ**に苦痛を与えるはずなのだ——この場合にだって、きみは**自分自身**のことだけを考え、自分自身を守り、**自分自身を不愉快なことから免れさせよう**としているだけなんだ。相手の従業員のことなど、一度だって考えてみたことがないのだ——ただ例外は、どうやったら**彼の賛成**

が得られるか、その見当をつけることだけだったのだ。その賛成さえ得られれば、きみは自分自身の賛成も得られることになる。そして、それが、唯一の、たった一つだけのものなのだ、きみが求めているもののな。きみの内部の「主人」は、それで納得し、満足し、心地よくなるのだ。ほかには何一つないのだ、存亡にかかわっているものはね。第一に関心のある問題として、この処置のどこを探しても、だよ。

更にいくつかの例証

若者　へえ、それじゃあ、なんですか。他人に対する「自己犠牲」は、つまり、人間のもっとも崇高な行為は、除外されてしまうわけですか！　まったく存在しないものなんですか！

老人　きみは、このわしを責めようというのかね、そんなことを言ったからといって？

若者　そりゃ、もちろんです。

老人　わしはそんなこと、言ってはおらんのだよ。

若者　じゃあ、なんと言ったんです？

老　人　人間だれひとり自分を犠牲にした者などおらん、その言葉のもつ普通の意味ではな、と言ったのだ——普通の意味ではというのは、つまり、他人のためだけにする自己犠牲という意味だ。なるほど、人間は毎日のように、他人のために自己を犠牲にしている。だが、それは、**まず第一に**、自分自身のためにしているのだ。その行為は、**まず第一に**自分自身の心を満足させなければならないのだ。そのほかの者たちは二の次なのだ。

若　者　そして、義務のための義務というのも、同じことなんですか？

老　人　そうとも。人間だれひとり、ただ義務のために義務を果たす者なぞいはしない。その行為は、**まず第一に**、自分の心を満足させなければならんのだ。その行為をしたということで、よりよい気分にならなければならんのだ。義務を逃れたということで感じる気分よりもな。そうでなきゃ、人間は決してそんなことはしないさ。

若　者　あのバークレー・キャスル号［正しくは「バーケンヘッド号」。一八五二年、南アフリカ沖で本文のような海難事故のため沈没した］の場合はどうです。

老　人　あれは気高い職務だった。立派に果たしたものだ。こまかく取り上げて、くわしく検討してみるがいい、もしその気があるならな。

若　者　イギリスの軍隊輸送船が一隻、兵隊たちとその妻子たちを満載していた。それが岩にぶつかって、沈みはじめた。救命ボートには余裕がなくて、女と子供しか乗せられなかった。連隊長は兵員を甲板に整列させて、言った。「われわれは義務として死なねばならぬ、みんなの命を救うためだ」。不平のつぶやきも、抗議の声もあがらなかった。ボートは女と子供たちを乗せて離れていった。いよいよ死の瞬間がやってきたとき、連隊長と将校たちは、それぞれの部署につき、兵士たちは担え銃の姿勢をとった。それから、正装閲兵式のときのように、連隊旗をなびかせ、太鼓をうち鳴らしながら、船とともに沈んでいった。義務のための義務、の犠牲ですよ。これをそれ以外のものとして考えられますか？

老人　それは実に立派な行ないだ、実に称賛すべき行ないだった。きみも、そうした隊列のなかに踏みとどまって、死んでゆくことができたかね、同じように毅然たる態度で？

若者　ぼくが、ですか？　いいえ、できませんね。

老人　考えてごらん。きみ自身がその場にいると想像するんだ。そして、死の水がだんだんと高く、きみのまわりに忍び寄ってくる。

若者　そんなこと、想像できませんよ。とても恐ろしくって。ぼくには耐えられなかったでしょう。持ち場にとどまっていることなんか、できなかったでしょう。自分でも分かります。

老人　どうして？

若者　理由なんかありません。ぼくは、自分自身のことを知っています。だから自分にはそれをすることがどうしてもできない、と分かるんです。

老人　だが、きみの義務になるんだよ、そうすることがね。

若者　ええ、分かってます——でも、ぼくにはできません。

老人　あのとき、一〇〇〇人以上の人がいたんだ。それでも、誰ひとり、ひるむ者はいなかった。なかには、生まれながらにして、きみと同じような性格の持ち主がいたにちがいない。もしそういう人たちが、あの偉大な義務をただ義務のためだけに果たすことができたのなら、なぜきみにはできないのかね？　きみには分からないのかい、きみだって出ていって、一〇〇〇人もの事務員や整備工を集めて、あの甲板に並ばせ、義務のために死んでくれ、と頼むことができるのだが、一〇〇〇人のうち二〇人とはその列に最後まで踏みとどまってくれる者はいないはずだ、ということが？

若者　いえ、分かっています。

老人　だが、彼らを鍛錬するんだ、そして戦闘を一つ二つやらせてみるのだ。そうすれば、彼らだって兵隊になるはずだ。そう、兵隊だ。兵隊としての誇り、兵隊としての自尊心、兵隊としての理想をもったものにな。そうなれば、彼らは**兵隊としての**精神を満足させなければならなくなるはずだ。事務員としての精神でもなく、整備工としての精神でもないのだ。その精神を満足させるのに、兵隊としての義務を避けていたのではとてもできることではない。そうだろう？

若　者　そうでしょうね。

老　人　その場合、彼らはその義務を**義務**のために果たすのではなくて、**自分たち自身**のために果たすはずだ――本質的にはな。その**義務はまったく同じもの**だった。そしてまったく同じように絶対的なものだった。彼らが事務員や整備工や未熟な新兵だったときにもな。だが、彼らはそのためだけではこの義務を果たそうとはしないはずだ。事務員や整備工として、彼らは別の理想や、別の精神をもっていて、それらを満足させようとした。そして彼らはそれを満足させてきたのだ。彼らはそうしなければ**ならなかった**のだ。それが掟（おきて）だからだ。**鍛錬**というのは、強い力をもっている。より高い、さらに高い、さらにさらに高い理想にむかっての鍛錬は、どんな人間の考えにも値するし、労働にも、勤勉にも値する。

若　者　じゃあ、こういう人間を考えてください。自分の義務を守って、火あぶりの刑に処せられるほうが、それに背を向けるよりはましだとする人間を。

老　人　それはその人間の作りと、彼の鍛錬だ。そういう人間は自分の中にある精神を満足させなければならないのだ、たとえそれが命にかかわることでもな。別の人間で、まったく同じように心の底から信仰には篤(あつ)いのに、気質がちがっていたような場合には、そうした義務を果たさないはずだ。それを義務として認め、それを果たす力がないことを深く悲しみながらもだ。それでも、彼は自分の中にある精神を満足させなければならない――そうせざるを得ないのだ。彼はその義務を、義務のためだけで果たすわけにいかない。なぜなら、そうしたって彼の精神を満足させてはくれないからだ。そして精神を満足させることが、気をつけられなければならないのだ、**まず第一に**な。それこそが、ほかのすべての義務に優先するからだ。

若　者　ある聖職者を例にとりましょう。その人は汚れのない私的な道徳心をもっているのです。そして、この人は、ひとりの泥棒に投票をして公職につかせようとします。自分が支持する政党の公認候補者名簿に名前が載っているからという理由でです。そして相手陣営の名簿に名前が載っている正直な人間には、票を投じなかったとするのです。

老　人　その聖職者は自分の精神を満足させなければいけないのだ。彼には公的な道徳心が少しもないのだ。私的な道徳心だって少しもないのだ。支持する政党の成功が危険に瀕（ひん）しているときにはな。彼はいつだって、自分の作りと鍛錬とに忠実になろうとしているのだ。

第四章　鍛錬

若者　あなたは、ずっと、この言葉を使っていますね——鍛錬という言葉を。この言葉であなたが特に意味するのは——

老人　勉学、教示、講義、説教だとでも思うのかね？　うん、それもその一部分だ——だが、大部分ではない。わしが意味しているのは、**あらゆる外部からの影響力**のことなのだ。そうした力は無数にある。揺籃（ゆりかご）から墓場まで、人間は、目を覚ましている時間のあいだ、たえず鍛錬を受けている。鍛錬してくれるものの中でまず第一のランクにたつものは、**付き合い**だ。これは人間的環境であって、この環境が人間の心や感情に影響を与え、人間に理想を授け、人間を軌道に乗せ、いつまでもその中においてくれるのだ。もし彼がその軌道から外れたら、自分がみんなから疎まれるのが分かるはずだ。自分がもっとも愛し尊敬している人びとからも、またその人たちの賛成をもっとも尊重している人びとからもな。人間はカメレオンなのだ。自分の本性の掟によって、人間は自分がいる場所の色を身につけるのだ。つまり、人間をとりまくすべての力が、その人間の好きなものや、嫌いなものや、政治意識や、趣味や、道徳や、宗教を創るのだ。人間はこういったものを何ひとつ、自分で創ってはいない。自分では創っていると思っているが、それは、人間がこの問題をくわしく検討したことがないからなのだ。きみは長老派教会の人たちに会ったことがあるね？

若　者　ええ、何人も。

老　人　その人たちは、どのようにして長老派教会の信者になったのかね、会衆派教会の信者にはならなくて？　会衆派教会の信者はなぜ洗礼派の信者ではなかったのかね、そして、洗礼派の信者はローマ・カトリック教の信者に、ローマ・カトリック教の信者は仏教徒に、仏教徒はクエーカー教徒に、クエーカー教徒は監督派教会の信者に、監督派教会の信者はキリスト再臨派の信者に、キリスト再臨派の信者はヒンズー教徒に、ヒンズー教徒は無神論者に、無神論者は心霊主義者に、心霊主義者は不可知論者に、不可知論者はメソジスト派の信者に、メソジスト派の信者は儒教の信者に、儒教の信者はユニテリアン派の信者に、ユニテリアン派の信者はイスラム教の信者に、イスラム教の信者は救世軍の軍人に、救世軍の軍人はゾロアスター教の信者に、ゾロアスター教の信者はクリスチャン・サイエンス派の信者に、クリスチャン・サイエンス派の信者はモルモン教の信者に——という具合に？

若　者　その質問には、ご自分でお答えになったらいいでしょう。

老　人　これらの宗派のリストは、**勉学**の記録、つまり光の探究や、探索の記録というたものではない。それは主として（そして皮肉をこめて）言っているのだ、いったい**付き合い**というものは何ができるか、ということをな。ある人間の国籍さえ分かれば、その人の信仰の様相はまず間違いなしに見当がつく。イギリス人なら——プロテスタント。アメリカ人なら——同じくプロテスタント。スペイン人、フランス人、アイルランド人、イタリア人、南アメリカ人、オーストリア人だったら——ローマ・カトリック。ロシア人なら——ギリシア正教、トルコ人なら——イスラム教。と、こんな具合だ。だから、その人間の信仰の様相が分かれば、その人間がどんな種類の宗教書を読むのかも分かるのだ、彼がさらに多くの光を求めたときにな。そして、どんな種類の本を避けるかも分かるのだ、彼が求めている以上の光にひょっとして触れるといけないと思ってな。アメリカで、ある有権者がどの政党の首輪をつけているかが分かれば、その男の付き合いがどんなものか分かる。それに、どのようにして彼のような政治観をもつに至ったかということも、また、どんな種類の新聞を読んで光を求めているかということも、どんな種類の新聞を一生懸命さけようとしているかということも、どんな種類の大衆集会に出席して自分の政治上の知識を広めようとしているかということも、どんな種類の大衆集会には出席しないのか、ただし、相手方の主張をやり込めるためにレンガを投げつけるときには出席する、ということも分かるのだ。われわれは、いつも耳にしている。世間を渡り歩いて「真理」**を探し求めている**人たちのことをな。だが、（永遠につづけている）人物にはお目にかかったことがない。そんな人間なんか、存在したためしはないのだと思う。しかし、何人かの実に誠実な人間には会ったことがある。自分では（永遠につづけている）「真理探求者」だと**信じ込んでいる**人間にだ。彼らの探求は、一生懸命であり、根気強く、慎重で、用心深く、深遠であり、完全な誠実さと、見事なまでにバランスがとれた判断力とをもっていた——だから、彼らは信じ込んでしまった。疑いもなく問題もなく、自分はついに「真理」を発見したのだとな。**それが、探求の終わりだったのだ。**その人間の送った余生は、屋根板を探し出すことだけだった。その屋根板で自分の「真理」を風雨から守るためにだ。もしその人間が政治的「真理」を探求していたのなら、地上の人間を支配しているあの何百とある政治福音書の一つか二つのなかにそれを見つけただろう。もし彼が「唯一の本当の宗教」を探し求めていたなら、市場に出まわっている三〇〇〇もの宗教の一つか二つのなかにそれを見つけただろう。いずれの場合でも、彼は自分の「真理」を発見したとき、もう**それ以上のものを求めることはしなかった**はずだ。そしてその日から後、片手にハンダごてをもち、もう一方の手には棍棒(こんぼう)をもって、真理の漏れ口を修繕し、異議を唱える者たちを納得させるのだ。これまでにも「一時的な真理探求者」は無数にいる——きみは、「永遠につづく」探求者について聞いたことがあるかね？　人間の本性そのもののなかには、そんな人物はありえないのだ。しかし、本題に戻ろう——鍛錬のことだ。鍛錬というものは、どんな形をとろうと、それはすべて**外部からの影響力**のことだ。そして、**付き合い**がその大部分を占めている。人間は、ただ、彼の外部からの影響力によって作られたものにしかすぎないのだ。その影響力が彼を堕落へと鍛錬したり、向上へと鍛錬したりする——だが、どちらにしろ、それは人間を**鍛錬**するのだ。人間のうえに作用しているのだ、いつでもな。

若者　それじゃ人間が、人生の偶然の出来事によって、たまたま不幸な状況に置かれるようなことがあったら、その人間にはもう救いがない、ということになりますね、あなたの考えによれば。――その人間はどうしても堕落するように鍛錬されるわけですね。

老人　救いがないって？　このカメレオンみたいな人間に救いがないって？　それは間違いだ。人間のカメレオン的な特性のなかにこそ、彼の最大の幸運が横たわっているのだよ。彼はただ変えさえすればいいのだ、自分の生活環境――つまり、自分の**付き合い**をだ。だが、それをしようとする衝動は、**外部**からやってこなければならない――自分自身ではそれを創り出すことができないからだ、そうした目的をもくろんでいてもな。ときには、ごくごく小さな、そして偶発的な出来事が、キッカケとなるような衝動を彼に与えてくれて、新しい軌道を歩ませてくれることはある、新しい理想を抱きながらな。恋人からたまたま、「聞いたわよ、あなたって臆病者なんですってね」などと言われたら、そのひとことが種に水をやることになって、その種はやがて芽をだし、花を咲かせ、枝葉を繁らせる。そして最後には、戦いの場(にわ)に、驚くほどの立派な果実を実らせることだってあるのだ。人間の歴史には、このような偶然の出来事はあふれるほどある。偶然、脚を一本、折ってしまったために、かえってそのことが一人のバチ当たりで野卑な軍人〔聖イグナチウス・ロヨラ

（一四九一―一五五六）。イエズス会の創立者」を宗教的な影響下におき、彼に新しい理想を与えたこともあった。そうした偶然から、あのイエズス会教団は起こったのだ。そしてこの教団はいくつもの王座を揺るがせ、国策を変え、そのほか実に途方もない仕事をしながら二〇〇年にもわたって活躍しているのだ――そして、これから後もまだ続いていくはずなのだ。また、たまたま一冊の本を読んだり、新聞のなかの短い記事を読んだりしたことによって、それが一人の人間を新しい軌道に乗せて出発させ、旧い付き合いを捨てさせ、新しい付き合いを求めさせるようなこともあり得る。**彼の新しい理想に共感する**ような付き合いをな。そしてその結果は、その人間にとって、彼の人生のまったくの変化ともなり得るのだ。

若者　あなたは、何か行動手順の計画でも暗示なさろうとしておられるのですか？

老人　新しいものではない――古いものだ。人類と同じくらい古いものをな。

若者　それは、なんですか？

老人　人間のために罠をしかける、というだけのことだ。その罠は、**高邁な理想にむかってそのキッカケとなる衝動**を餌につけたものだ。それが、あのパンフレットを配っている連中のやることなのだ。それが、宣教師たちがやることなのだ。それが、政府が責務としてやるべきことなのだ。

若　者　それをやっていないのですか？

老　人　ある意味ではやっているし、別の意味ではやってはおらん。彼らは、天然痘（てんねんとう）の患者は健康な人間から隔離する。だが、犯罪を扱う場合には、健康な人間まで伝染病隔離病棟に入れて患者と一緒にするのだ。つまり、初犯の人間までぶち込んで常習犯と一緒にしてしまうのだ。それもいいだろう、もし人間が生まれつき善に向いているとするならな。だが、人間はそうではない。だから、付き合いが、初犯の人間を悪質な人間にしてしまうんだ、捕まえられたとき以上にな。それは、非常に厳しい処罰を、どちらかと言えば無実とも言える人間に対して、科したことになるのさ。ところが、どこの政府でもみな、無実の人間にたいして厳しいのだ、ときどきな。どこの政府も人間を絞首刑にする——それは取るに足らない罰だ。だが、このことが彼の家族の心を打ち砕く——それは厳しい罰だ。どこの政府も、細君を殴る亭主を安楽な気持ちで牢にぶち込んで、食べ物を与えている。そのくせ、罪もない細君や子供たちはそのままにして餓死させようとするのだ。

若　者　あなたはあの説をお信じになりますか、つまり、人間は善悪について直感的な識別力を授けられている、という説ですが？

老　人　アダムは、そんなものはもっていなかったな。

若　者　しかし、人類はそれから後でそれを身につけたんじゃありませんか？

老　人　いいや。わしの考えでは、人間はどんな種類の直感力ももってはいないと思う。彼が**すべて**の自分の着想、すべての自分の印象、すべての自分の意見を手に入れているのも、それは外部からなのだ。わしはこのことを何度も繰り返して言っているが、それは、わしがこのことをきみに強く印象づけたいからなのだ。そうすれば、きみは興味をもって自分自身で観察し、検討して理解することができるようになるからな、果たしてそれが本当かウソか、ということが。

若　者　あなたは、どこでそのような腹立たしい考えを得たのです？

老　人　**外部**からだよ。わしが発明したわけではない。みんな、何千という未知の情報源から集められたものだ。おもに**無意識のうち**に集められたのさ。

若　者　あなたはお信じにはならないのですか、神さまは、生まれながらにして正直な人間を創ることができたのだと？

老　人　いや、信じているよ。神さまならできた、ということはわしも知っている。そしてわしは、こういうことも知っているのだ、神さまはそういうものは決して創らなかった、とな。

若　者　あなたよりももっと賢い観察家が、こんな事実を書き残しています。「正直なる人間こそ、神の創りたもうた最高の傑作」と［イギリスの詩人、A・ポープの『人間論』四―二四八］。

老　人　彼は事実を書き残したのではない。ウソを書き残したのだ。それは口先ばかりの話で、聞こえはいい。だが、真実ではないのだ。神さまは人間を創るとき、正直と不正直との**可能性**を人間のなかにもたせた。そして、そこでやめているのだ。人間の**付き合い**が、その両方の可能性を進展させるのだ――正直の方向か、不正直の方向か、のな。その結果は、したがって、正直な人間にもなれば、不正直な人間にもなるのだ。

若　者　だから、正直な人間だからといって、べつに資格があるわけではない、ということに――

老　人　称賛される資格がかね？　そうだ、ないね。もうこの辺でいい加減、分かったじゃろう。**彼は**自分の正直さの創造者ではないのだよ。

若　者　それじゃ、教えていただきたいのですが、人びとを鍛錬して徳のある生活を送らせようとすることの意味はどこにあるのですか？　そんなことをして、どんな得があるのですか？

老　人　その人間自身が、そのことから大きな利益を得るな。そして、そのことが大事なことなのだ――**彼**にとってな。彼は隣人たちにとって危険ではない。彼らにとって損害を与えるものでもない――だから、**隣人たち**は彼の善行から利益を得ることになる。それが**隣人たち**にとって大事なことなのだ。人間を鍛錬して徳のある生活を送らせることが、はかり知れないほど重要なことになるのだ。それが、この世を比較的快適なものにすることができるのだ、関係するすべての人びとにとってな。この鍛錬を**怠りでもしたら**、それはこの世を絶え間のない危険と苦難の場にしうるのだ、関係するすべての人びとにとってな。

若者　あなたは先程おっしゃいましたね、鍛錬こそすべてだって。鍛錬こそがその人間**それ自身**だ、なぜなら、それがその人間を今あるがままの人間にしているのだからって。

老人　わしが言ったのは、鍛錬と、それに**もう一つ別の**ことだ。そのもう一つのほうは、後まわしにしておこう、今はな。で、きみは何を言おうとしていたんだっけ？

若者　ぼくの家には、年老いた召使いが一人います。この女性はぼくたちのところに来てもう二二年にもなります。この人の仕事ぶりは、以前は一点非のうちどころのないものでした。ところが今では、よくものを忘れるようになってきたんです。

ぼくたちはみんな、この人が好きです。そして、みんな認めているんです。もの忘れがひどくなったのは仕方のないことだ、老齢のせいでそうなったのだからって。それで、家中だれひとり、この人を叱りはしません、いくらこの人がダラシがなくても。でもときどき、ぼくは叱ります——どうも自分で自分がコントロールできなくなってしまうらしいのです。しようとしないからだろう、とおっしゃるのですか？　いえ、ぼくはします。ところが、どうでしょう。今朝など、ぼくが着替えをしようとしたら、きれいなシャツが一枚も出ていないのです。ぼくは腹を立てました。朝が早いときには、もうすぐに、簡単に腹が立つのです。そこで、呼び鈴をならしました。それからすぐに、自分に警告をだし始めました。怒りの色など見せてはだめだ、気をつけて優しく口をきくようにするのだぞと。そこで自分を守るにも細心の注意をはらいました。言葉だって慎重に選んで、使おうとしました。「ジェーン、おまえ、きれいなシャツを忘れたね」といった調子です。やがてその召使いがドアのところに姿を見せたとき、ぼくは口を開いて、その言葉を言おうとしました——ところが口からは、瞬間的な激情の波にさらわれて、そしてそんな波など予期もしていなかったし、それを抑える暇もなかったのですが、激しい叱責の言葉が飛び出しちまったんです。「おまえ、また、忘れたな！」って。あなたはおっしゃいます。人間というものはいつだってするのだ、自分の「内なる主人」を最高に満足させるようなことをと。それなら、あの衝動はどこからきたものなんですか、細心の心遣いをしてあの年老いた召使いを救い、叱責の屈辱を味わわせまいとしたあの衝動は？　それもまた、あの「主人」からきたものなのですか、いつもまず第一に、自分自身のことを考えているあの「主人」から？

老人　疑いもなくそうだね。どんな衝動にしろ、それ以外の源などありはしないのだ。二番目に、きみは心遣いをして、あの召使いを救おうとした。だが、第一には、その行為の目的は、きみ自身を救おうとしたことなのだ。「内なる主人」を満足させることによってな。

若者　それは、どういう意味ですか？

老人　これまで家族の誰かがきみに懇願するようなことはなかったかな、癇癪には気をつけて、その召使いをどなりつけるようなことなど、しないようにと？

若者　ありました。母です。

老人　きみはお母さんを愛しているね？

若者　そりゃあもう、それ以上ですよ！

老人　自分にできることなら、いつだって、何でもするね、お母さんを喜ばすためなら？

若　者　ぼくにとって大きな喜びですからね、どんなことでもやって母を喜ばせようとするのは！

老　人　なぜだろう？　**きみがそれをしようというのは、**報酬のためなのだ、ただ単に**な——利益のためなんだよ。**どんな利益をきみは期待し、実際に受け取ることになるのかな、その投資から？

若　者　ぼく本体としては、ですか？　いいえ、何も。**母を**喜ばすだけで充分です。

老　人　それなら、どうやらきみの目的は、第一にはその召使いの屈辱を救うことで**はなく、きみのお母さんを喜ばせる**ことだったらしいね。それにどうやら、お母さんを喜ばせることは、**きみ**にも大きな喜びを与える、ということらしいね。それがその利益なのではないのかね、きみがその投資から得るのは？　それが本当の利益であり、**第一**の利益ではないのかね？

若　者　えっ、そうでしょうかね？　まあ、つづけてください。

老　人　人間の**すべて**の行動において、「内なる主人」は、**きみたちが最初の利益を受ける**ように注意しているのだ。さもなければ、取引などというものは一つもないのだ。

若　者　そうですか、それじゃ、ぼくがその利益を得ようと夢中になり、それに没頭していたとしたら、どうしてそのぼくがその利益をすててしまったのでしょうね、腹など立てたりして？

老　人　**もうひとつ別**の利益を得るためさ。その利益のほうが、価値においては前のものを、突然、上回ったからだよ。

若　者　それは、どこにあったのですか？

老　人　待ち伏せしていたんだ、きみが生まれたときからもっていた烈(はげ)しい気質の背後で。そしてチャンスを窺(うかが)っていたのさ。きみの生まれながらの激しやすい気質がとつぜん前面に躍り出てきたのだ。そして、**その場では**、その影響力のほうがお母さんの影響力よりも強くなって、お母さんの影響力を一掃してしまったのだ。だからその瞬間、きみは思わず夢中になって、激しい非難の言葉を投げつけ、そしてそれを楽しんだのだ。きみは確かに楽しんだんだよ、そうじゃろう？

若　者　一瞬間——一秒の四分の一ほどの短い間ですがね。ええ——確かに楽しみました。

老　人　よろしい。わしの言った通りだ。きみに**最高**の喜び、最高の満足を、一瞬間でも、あるいは一瞬間の**何分の一の間でも**、与えてくれるはずのものこそ、きみがいつも行なおうとしているものなのだ。きみは「内なる主人」の一番新しい気まぐれを満足させなければいけないのだ、たとえそれが何であろうともな。

若　者　でも、涙があの年老いた召使いの眼に浮かんできたとき、ぼくは自分の片手を斬り落とすことだってできたのです、自分のやったことの償いとして。

老　人　その通りだ。きみは**自分自身**に恥をかかせていたのだよな。自分自身に**苦痛**を与えていたのだ。人間にとって**第一に**重要なことは、ただひとつ、自分に損害を与える結果か、あるいは利益を与える結果だけなのだ――それ以外のことはすべて**二番目のもの**なのだ。きみの「内なる主人」はきみに腹を立てた、きみが彼の命令に従っていたのにな。彼は即座の**悔い改め**を要求した。きみはまた、それに従った。**そうせざるを得なかった**のだ――彼の命令から逃れる道は絶対にないのだ。彼は無情な主人だ。そして、気まぐれなのだ。一秒の何分の一という瞬間に気を変えるのだ。それでも、きみは喜んでそれに従わなければならない。そしてきみは従うのだ、**いつでも**な。もし彼が悔い改めを要求し、オレの気が済むまでやれと言ったら、きみはいつもそれに応(こた)えなければいけないのだ。彼は大事に扱われなければならぬのだ。甘やかされ、大事にされ、いつも気が済むようにされていなければいけないのだ。たとえ、どんな手段を使おうともな。

若者　鍛錬ですか！　へん、あれが何の役に立つと言うんです？　ぼくだって、それに母だって、ぼくを鍛錬しようと努力してきたんじゃありませんか、もうこれからはあの召使いを叱りとばすことなど絶対にすまい、というところまで？
老人　だがきみは、どうしても抑えることができなかった、叱りつけるのをな？
若者　いいえ、抑えてきましたよ――何回も何回も。
老人　今年のほうが多いかね、去年よりも？
若者　ええ、ずっと多いですね。
老人　去年のほうが多かったかね、一昨年（おととし）よりも？
若者　ええ。
老人　それじゃ、かなりの進歩があるわけだね、この二年間で？
若者　そうです、間違いありません。
老人　それなら、きみの質問は、もう答えが出ているのだ。だって、鍛錬には確かに効果があるのだからね。つづけたまえ。忠実につづけるのだ。きみは、うまくやっているのだからね。
若者　ぼくの改心は完成に達するでしょうか？
老人　達するとも。きみの限度ぎりぎりまでな。

若者　ぼくの限度ですって？　どういう意味ですか、それは？

老人　憶えているじゃろう、きみはこんなことを言ったんだ、鍛錬が**すべてだ**などとわしが言った、なんてな。わしはきみの誤解を訂正してやった。そしてこう言ったのだ。「鍛錬と、それに**もう一つ別のこと**」とな。そのもう一つ別のことというのは、気性のことだ――つまり気質だ、きみが生まれたときからもっているやつさ。**きみは、きみの気質を根こそぎ捨て去ることもできないし、そのごく一部分でさえもできない**――できるのは、その気質に圧力を加えて、抑えつけ、鎮かにさせておくことだけだ。きみは激しい気性をもっていたね？

若者　ええ。

老人　きみはそれを絶対に取り除くことはできない。だが、それを監視することによって、抑えつけておくことはできる、いつもと言っていいくらいにな。**こうした気質があるということが、きみの限界なのだ**。きみの改心は、完成に達することは絶対にない。なぜなら、きみの気性はときどき、きみを打ち負かすことがあるからだ。だが、きみも完成にかなり近いところまで到達することはできる。きみは貴重な進歩をとげているのだから、それ以上のことができるはずだ。**確かに鍛錬には効果がある**。すばらしい効果がな。そのうちに、きみも新しい発展段階に達するはずって進歩してゆくはずだ、いずれにしてもな。

だ。そうすれば、きみの進歩ももっと楽になるだろう。もっと簡単な基準にのっと

若者　それを説明してください。

老人　きみは今でも、どなりつけるのを抑えているね、**きみ自身**を喜ばせるために、ただそれだけのことが、きみの虚栄心を嬉しがらせることになる。そして、すごく気持ちのよい喜びと満足感とをきみに与えてくれる。それに比べれば、**お母さん**を喜ばせることによってな。そのうちに、きみの気性を克服できたという**お母さんの**賛成が今きみに与えてくれることでさえ、大したことではなくなるのだ。そうなれば、きみは自分自身のために努力するようになる。直接に、**じかに**だ。そして回りくどいやり方で、お母さんを通すなどということはしなくなる。この方がことは簡単になるし、きみの衝動もまた強くなるからな。

若者　ほう、なるほどね！　でも、ぼくはあの点にまでは絶対に到達できないわけなんですね、ぼくがあの召使いを労るのは、**まず第一に、あの召使いの**ためであって、自分自身のためではない、という点にまでは？

老人　とんでもない――できるとも。天国でな。

若者　（しばらく考えてから）気性ですか。なるほどね、人は気性のことも考えな

ければいけないんだ。大きな要因ですからね、確かに。ぼくの母は、思いやりのある人で、すぐにカッとなるような人じゃありません。あるとき、ぼくは着替えをすまして、母の部屋へ行きました。母はそこにはいませんでした。呼んでみると、母は浴室から返事をしました。ジャージャー水の流れる音が聞こえました。ぼくは尋ねました。母は答えました、腹立たしい様子など少しも見せずにです。ジェーンがお風呂の支度を忘れたので、お母さんいま自分でやっているのよ、と。ぼくは呼び鈴（りん）をならそうかと言いました。でも、母は言うのです。「いいえ、およしなさい。あの人を悲しませるだけでしょうよ、自分のしくじりを知らされたらね。それに、それは非難ということになるのよ。あの人には非難されるいわれはないの——あの人を責めることはできないわ、あの人の記憶力があの人にしたイタズラなんですものね」って。で——ぼくの母も「内なる主人」をもっているのですか？——そして、それはどこにいたのでしょう？

老人　いたのさ。そこにいて、自分自身の平安と喜びと満足とを探していたのだ。この召使いの悲嘆はきみのお母さんを苦しめていたはずだ。そうでなければ、この召使いは呼びつけられていたはずだ、そしてその場は悲嘆のうずだ。わしは怪（け）しからぬ女たちを知っている。そういう手合は、ジェーンを呼びつけることのなかからイの一番の喜びを得たはずだ――だから、そういう女たちなら、間違いなく呼び鈴のボタンを押して、自分の作りなり鍛錬なりの法則に従ったはずだ。なぜなら、それこそが、自分たちの「内なる主人」の奴隷だからだ。どうやら、きみのお母さんの寛容さも、その一端は鍛錬からきたものらしいね。いい種類の鍛錬だ――というのも、その鍛錬がもつ最良で最高の機能は、監視することなんだからね。つまり、鍛錬がその生徒に満足を与えるたびに、ある種の恩恵を、たとえ間接的であるにせよ、ほかの人びとにも授けられるようになるかどうかをだ。

若　者　もしあなたが一つの訓戒というかたちに要約して、ご自分の計画をお話しになるとしたら、つまり、人類の置かれている状況を全体的に向上させるというご計画のことですが、それをどのようにお話しなさいますか？

訓　戒

老　人　きみの理想とする目標を一生懸命に鍛錬することだ。高く、そして更に高く、頂上めざしてな。その頂上に達したら、きみは自分の最高の喜びを、ある行為のなかに見つけだすことができるはずだ。なぜなら、その行為は、きみに満足を与えてくれる一方で、隣人たちや地域の人びとにもさまざまな恩恵を、必ずもたらしてくれるはずだからだ。

若者　それは、新しい福音ですか？

老人　いいや。

若者　じゃあ、以前から説かれてきたものなのですね？

老人　もう一万年にもなるな。

若者　誰によってですか？

老人　あらゆる偉大な宗教――あらゆる偉大な福音によってだ。

若者　それじゃ、目新しいものは何もないわけですね。

老人　いや、とんでもない。あるのだ。それは率直に述べられておる、今度、初めてな。こんなことは、以前にはなかったことだ。

若者　どういう意味ですか？

老人　わしはさっき、きみを第一におかなかったかね、そして隣人たちや地域の人びとはその後に？

若者　なるほど、そうですね、それが違いですね。その通りです。

老人　ストレートに言うか、遠回しに言うかの違いだ。つまり、あけっぴろげと、ごまかしとの違いというわけだ。

若者　説明してください。

老人　ほかの連中は、きみにあれこれとワイロを使って、善良な人間になれと言っているのだ。なぜなら連中は、シブシブながら認めているからだ。きみのなかにある「主人」を宥め満足させねばならぬのが、まず第一のことだ、ということを。そして、その主人のためでなければ、きみは**直接的には**何ひとつできないということを。それから連中はクルリと向きを変えて、**何よりもまず、他人のために**善行をつくせと要求する。それから、何よりもまず義務の**ために**自分の義務をはたせとか、**利己的でない**行為をしろとか、**自己犠牲的な**行為をしろとかと要求する。こんなわけで発端では、われわれはみんな同じ立場に立っておるのだ――つまり、最高の、専制的な「君主」なるものが人間の内にすんでいる、ということを認めておるのだ。そうしてわれわれすべての人間が、彼のまえにひれ伏し、彼に訴えておるのだ。そうしておいて、あのほかの連中は、ヒラリと身をかわしてごまかし、クルリと向きを変え、歯に衣を着せて、気まぐれに、筋も通さずに、その訴えの形を変え、その説得の方向を人間の**第二の場所にある**力へ、つまり人間の内には**まったく存在しない**力へ向けて、そのようにしてその力を**第一の**場所にまで祭りあげるのだ。ところがわしの「訓戒」のなかでは、わしは論理的にも、首尾一貫という点でも、あくまで最初の立場を守っている。つまり、わしは「内なる主人」の要求をまず第一に置いて、それを常にそこに置いておるのだ。

若　者　仮に認めたとしましょう、あくまで議論のためにですが、あなたの教義も、ほかの連中の教義も、同じ結果を目ざし、同じ結果を――つまり正しい生き方を、生み出すのだとしたら、あなたの教義はほかの連中の教義とくらべて、すぐれた利点があるのですか？

老　人　ああ、一つあるね――大きなやつだ。それは、隠しごとがないということ、欺きがないということだ。人間が、正しい立派な生活をわしのこの教義にしたがって送れば、その人間は真の主たる動機について欺かれることはない。なぜならその動機はその人間をそれに向かって駆りたてるからだ――ところが、ほかの連中の教義では、人間は欺かれてしまうのだ。

若　者　それが利点なんですか？　高潔な生活を卑しい理由のために送るなんていうこと、それが利点なんですか？　ほかの連中の教義では、人間は高潔な生活をこんな印象のもとに送っているのです。つまり、自分はそうした生活を高潔な理由のために送っているのだ、と。それは利点ではないのですか？

老人　おそらく、そうだろうな。同じ利点を、その人間はこう考えることで得られるかもしれんよ。自分は公爵なのだ、公爵の生活を送っているのだ、そして公爵らしい仰々しさ華々しさを装って行列しているのだ、とな。実際は自分が公爵なんかではなく、そしてそのことは紋章官の記録を調べただけですぐ分かる、というときにな。

若者　しかしとにかく、その人間は公爵の役割をはたさなければならないのです。片手をポケットに突っ込んで、慈善を、自分でも耐えられるだけ大きなスケールで施すのです。そして、それが地域社会に役立つのです。

老人　そんなことは公爵でなくても、できるはずだ。

若者　でも、やるでしょうか？

老人　きみには分からんのかね、自分がどこに行き着くか？

若者　どこにです？

老人　ほかの連中の考え方と同じ立場に立つということだ。これだって立派な道徳的行為になるのじゃろう？　つまり、ある無知な公爵が、人目をひくような善行を、自分のプライドのためにしようとしたら、これなど実に次元の低い動機だが、そのままやらせ、誰も注意せずにつづけさせておく、などということは立派な道徳じゃろう。なぜなら、善行に駆りたてている実際の動機を知らされたら、いくら公爵でも財布のひもを締めて、善行をやめるかもしれんからな。

若者　でも、知らぬまま、させておくのが、一番いいことではないのですか、自分は他人のために善行を施しているのだと、本人が思い込んでいるかぎり？

老人　おそらく、そうだろう。それはほかの連中の考え方の立場だ。その連中の考えでは、ペテンもまた立派な道徳的行為なのだ、その利益配分が善行であり、立派な行為であるときにはな。

若者　ぼくの意見はこうです。つまり、人間は善行をつくすのにまず第一に自分自身のためにするのであって、まず第一に善行そのもののためではない、というあなたの考え方のもとでは、誰ひとり善行をつくす者はいなくなるはずです。

老人　きみは最近、何か善行をつくしたことがあるかね？

若者　あります。今朝です。

老人　くわしく話してほしいね。

若者　ある年老いた黒人の婆やが住んでいた小屋なんですが、その婆やはぼくが子供のころ、ぼくを育ててくれ、一度などは自分の命を危険にさらしてまで、ぼくを助けてくれた人なんですけどね、その婆やの小屋が焼けたんです、昨夜。そして、婆やは泣きながら今朝やってきて、お金を用立ててほしい、新しく小屋をたてたいから、と言いました。

老人　用立ててやったのだね？

若者　もちろんです。

老人　きみは、自分がそのお金をもっていてよかった、と思ったわけだ？

若者　お金ですか？　いいえ、もっていませんでした。自分の馬を売ったんです。

老人　馬があってよかった、と思ったね？

若者　もちろん、そう思いました。馬をもっていなかったら、何もできなかったはずでしたからね。そうなれば、母がその機会をとらえて、そのサリー婆やに工面してやったはずです。

老人　きみは、本当によかったと思ったわけだ。自分が一文無しで何もできない人間だととられなくて？

若者　ええ、まさにそのとおりです！

老人　さあ、そうすると――

若者　いいえ、その先はけっこうです！　ぼくには分かっていますから、あなたの質問のカタログはもうすっかりと。ですから、ご質問には一つ一つにみんな答えることができます、あなたが時間を無駄に使ってご質問なさらなくてもけっこうです。で、全体の話をかいつまんで、ひとことで申し上げましょう。ぼくがこの慈善的な行為をしたのは、その行為がぼくに素晴らしい喜びを与えてくれるはずだ、ということを知っていたからです。それに、サリー婆やの人を感動させるような感謝と喜びとがぼくにまた一つ喜びを与えてくれるはずだ、ということを知っていたからです。それにまた、これでサリー婆やも幸せになり、悩みごとから解放されるはずだという思いがまたぼくに幸福感をいっぱい抱かせてくれるはずだ、ということを知っていたからです。ぼくはこうしたことをすべて、自分の両眼を大きく開け、みずから認めながら、そして悟りながら、やったのです。オレは自分の利益の配分をまず第一に求めていたのだ、ということをね。さあ、これで、ぼくはすっかり告白しました。後をつづけてください。

老人　わしはもう何も言うことはないよ。きみがみんな話してしまったからな。きみはもっと強く心を動かされて、サリーを苦難から救ってやろうという気になった、ということがあり得るかね――そうした行為を、もっと熱をいれてやった、ということがあり得るかね――もしきみが妄想におちいっていたならばだ。自分がそれをしているのは、ただ彼女のためでありその利益のためだけであるといった妄想にだ？

若　者　とんでもない！　この世のどんな衝動をつくることはできなかったはずですよ。ぼくの心を動かしてぼくをあれよりももっと力強く、もっと横柄に、もっと徹底して抵抗しがたいものにするような、そんな衝動はね。ぼくは限界までやったんですから！

老　人　よろしい。きみも、うすうす気がつき始めたようだが――いや、分かったはずだと思うが――**ある人間が心をほんの少しばかり余計に動かされて**、二つのうちの**一つ**、いや、二十いくつかあるものの一つを、**ほかのもの**のどれ一つをするより余計にやってみたいという気持ちになった場合、その人間はいつも決まってその一**つのこと**をやるはずだ、それが善いことにしろ、悪いことにしろだ。そして、もしそれが善いことであれば、あらゆる詭弁のあらゆる欺きも、その衝動の力をこれっぽっちも増やすことは、あるいはこれっぽっちも加えることはできない。その人間が、その行為から得られるはずの慰安や満足感をな。

若　者　では、あなたはこう信じておられるのですね、つまり、人間の心のなかにあるそうした善行への性向は、いくら妄想を取り去っても決して減ずることはないのだ、善行は本質的には二番目の動機からなされるのであって、一番目の動機からではないのだ、という妄想を？

老人　それが、わしが心の底から信じていることなのだよ。

若者　それだとなんだか、善行の尊さを損なうように思われませんか？

老人　虚偽のなかに尊さがあるとすれば、そうなるね。虚偽は尊さを取り除くのだから。

若者　この先、その道徳家は何をなすべきですか？

老人　遠慮せずに教えることだな、自分がこれまで片方の口で教え、もう片方の口では取り消していたことを。つまり、きみ自身のために正しいことを行なうのだ、そしてこんなことを知って幸福になるのだ、つまりきみの隣人たちも、その結果として生じる恩恵を必ず受けるはずだ、ということをな。

若者　もう一度、あなたの訓戒をおっしゃってください。

老人　きみの理想とする目標を一生懸命に鍛錬することだ。高く、そして更に高く、頂上めざしてな。その頂上に達したら、きみは自分の最高の喜びを、ある行為のなかに見つけだすことができるはずだ。なぜなら、その行為は、きみに満足を与えてくれる一方で、隣人たちや地域の人びとにもさまざまな恩恵を、必ずもたらしてくれるはずだからだ。

若者　人間の**すべての**行為は**外部からの影響力**によって生まれる、とお考えなのですね？

老人　そうだ。

若者　もし、ぼくが人から物を強奪しようと心に決めたら、ぼくはその考えの**発案**者ではなく、その考えは**外部**からきたことになるのですか？　その男がお金を手にしているのを、ぼくが見かけたとします――これは例えばの話ですが――その場合、**そのこと**がぼくをその犯罪に走らせることになるのですか？

老人　そのこと、それだけでかね？　そりゃあ、もちろんそんなことはない。それはただ、いちばん最近の外部からの影響力に過ぎないのさ、ここ何年にもわたって連綿とつづいてきた予備的な影響力の行列の中のな。**たった一つの**外部からの影響力が、人間にある事をさせるなどということはできない。自分の鍛錬と闘っているような事をな。それができるのはせいぜい、人間の心を新しい軌道に乗せてやり、その心を開いてやる事だけだ、**新しい**影響力を受け入れられるようにな――たとえば、イグナチウス・ロヨラ［八九・九〇ページ参照］の場合のようにだ。やがて、こういった影響力は、人間を鍛錬して或る点にまでもっていくことができる。**いちばん最近の**影響力に屈服してその行為をすることが、彼の新しい性格に調和するはずだ、という点にまでな。わしはこの問題を一つの形に入れることにしよう。そうすれば、わしの理論もきみにとってもっと分かりやすいものになるだろうと思うからだ。つまり、ここに純金の延べ棒が二本あったとする。この延べ棒が、二人の人間の性格を表わしているとするのだ。そしてその性格は、さまざまな徳行において磨かれ完全なものになっているのだ、長年にわたる精魂こめた正しい鍛錬によってな。いま、この強力で緻密な性格を破壊したいと思う――きみだったら、どんな力をこの延べ棒に加えるかね？

若者　ご自分でやってみてください。どうされます？

老人　かりに、わしがその延べ棒の一本にスチームジェットを長時間つづけて吹きかけたとする。何か効果があるだろうか？

若者　まったくないでしょうね、ぼくの知るかぎりでは。

老人　なぜだね？

若者　スチームジェットでは、そうした物質を破壊することはできないからです。

老人　よろしい。そのスチームは**外部からの影響力**だ。しかしそれは何の効果もない。なぜなら、黄金は**そんなものにはまったく関心をもっていない**からだ。延べ棒はもとのままでいる。かりに、われわれがそのスチームに水銀を少し、気化した状態で加えて、そのジェットをもう一本の延べ棒に吹きつけたとする。何かすぐに効果がでるだろうか？

若者　でませんね。

老人　その**水銀**というのは、外部からの影響力なのだ。だがそれに対して黄金は（それ独自の性質によって——つまり、気性とか、気質とかによって）、**無関心ではいられないのだ**。それは黄金の関心をかき立てるのだ。もっとも、看取することができないけれどもな。だが、その影響力を**ただ一度**吹きつけたぐらいでは、破壊はまったくおこらない。その吹きつけを間断のない噴射の形でつづけ、一分を一年と呼ぶことにしよう。一〇分か二〇分——つまり、一〇年か二〇年——が終わるまでには、その小さな延べ棒も水銀に浸かり、水銀で腐食してくる。そうなると、黄金の特質はなくなって、その品質は落ちてくる。そしてついには、すぐに誘惑に負けてしまうようになる。そんな誘惑などに見向きもしなかったはずなのだ、一〇年か二〇年前だったならな。われわれはその誘惑を、圧力という形にして、わしの指一本で与えてみることにしよう。その結果は分かるかね？

若者　ええ、分かります。延べ棒は崩れて砂のようになってしまいます。これで分かりました。そんな作用をするのは、**たった一回きりの**外部からの影響力ではなくて、長いあいだに積もり積もって蓄えられてきた崩壊力の、**いちばん最後の力**にすぎないのですね。やっと分かりました。ぼくを刺激してその男に強盗を働こうという気をおこさせたその**たった一回きりの**衝動は、ぼくにそれをさせるその衝動ではなくて、長いあいだ準備を重ねてきたひと続きのなかの**いちばん最後の**衝動にすぎないのだ、ということですね。それをもっとくわしく、たとえ話で説明してくださいませんか。

たとえ話

老人　よろしい、してみよう。むかしニューイングランドに二人の男の子がおった——双子だ。二人ともそろってよい気質をもち、道徳的にも欠けるところがなく、容姿もじつによく似ておった。日曜学校の模範生だった。一五歳になったとき、ジョージのほうは機会があって捕鯨船のキャビン・ボーイとして働くことになり、太平洋に船出することになった。ヘンリーのほうはそのまま家にのこり、村で暮らすことになった。一八歳のとき、ジョージは船乗りになり、ヘンリーは上級バイブル・クラスの先生になった。二二歳になると、ジョージのほうは、喧嘩癖と飲酒癖とが祟って、こうした癖は船の上とか、ヨーロッパや東洋の港々の船員宿で身につけたものだったのだが、香港に来たときには、もうつまらぬ乱暴者になって、職も失ってしまっていた。そして、ヘンリーのほうは日曜学校の校長になった。二六歳のときには、ジョージは流れ者、放浪者になり、ヘンリーのほうは村の教会の牧師になった。やがてジョージは帰国して、ヘンリーの家に身を寄せた。ある晩、ひとりの男が通りかかって、小道を曲がって行った。するとヘンリーは言った。悲しげな微笑を浮かべながらだ。「ぼくに不愉快な思いをさせるつもりはないんだろうけど、あの男はいつもぼくに思い出させるんだ、ぼくがひどく貧乏だということをね。なぜって、あの男、いつも大金を身につけていて、毎晩かならず、ここを通ってゆくからだよ」とね。この**外部からの影響力**は——つまりこの言葉は——これだけで、ジョージには充分だった。しかし**その言葉**ではなかったのだ。その言葉を聞いたから、それでジョージがこの男を待ち伏せして、強盗を働いたわけではなかった。その言葉は、一年にもわたって積もりに積もったその種の影響力を単に代表していたに過ぎないのだ。そして、そういう行為を生ませたに過ぎないのだ、影響力の長い懐妊期間がその行為の準備をしていたのだからな。強盗を働くなんていう考えは、ヘンリーの頭には一度だって入ったことはなかった——つまり、彼の延べ棒は、清浄なスチームだけを吹きつけられていたのだ。しかし、ジョージの延べ棒は、気化水銀ばかり吹きつけられていた、というわけなのだよ。

第五章　機械について更にくわしく

［註――W夫人が考える。一体どうして億万長者というものは、たった一ドルの小銭までも大学や博物館に寄付することができるのだろうか、世間にはパンも買えないような貧しい人がいるというのに、と。そう考えたとたんに、彼女はもう自分でその疑問に答えているのだ。貧しい人びとに対する彼女のそうした気持ちを見れば、彼女が慈善というものについて一つの基準を持っていることが分かる。だから彼女は認めた、億万長者もまた基準を持つ権利はあるのだ、と。彼女がその億万長者に対して、自分の基準を採用してくれるよう要求していることは明らかだから、彼女はそうした要求をすることによって、自分も相手の基準を採用す

るよう自分自身に要求していることになる。人間というものはいつだって下を見るのだ、他人の基準を吟味するようなときには。決して見つけようとはしないのだ、吟味するのに上を見なければならないようなものは。」

「人間、それは単なる機械である」の理論をもういちど

若者　あなたは本当に思っておいでなのですか、人間は単なる機械にすぎないのだ、と？

老人　そうだよ。

若者　そして、人間の心は自動的に働くもので、人間のコントロールからは独立しているのだ――考えをもちつづけるのは、心のもつそれ自身の力で、なのだと？

老人　そうだ。心というものはコツコツと働いておる。休みなく働いておる。心が目覚めているときはいつでも働いておるのだ。きみは夜通し寝返りをうったことはないかね、自分の心にむかって懇願したり、嘆願したり、あるいは命令したりして、どうか仕事をやめてオレを眠らせてくれ、などと言って？――きみはおそらくこう想像しているはずだ。オレの心なんていうものはオレの召使いであって、オレの命

令には必ず従い、考えろと言えばその通りに考え、やめろと言えばその通りにやめるものなんだと。ところが、心というやつはな、それがいったん働こうときめたら、われわれがどんなことをしたってじっと休ませておくことはできないのだ、一瞬たりともな。どんなに頭のいい人間だって、その心にあれこれと問題を提供してやることなどできぬはずだ、かりにその人間がそうした問題を探し出してやらねばならなかったとしてもな。もし人間の助けが必要なら、心はじっと待っているはずなのだ、人間が仕事をくれるまで。朝、目を覚ましたときにな。

若　者　そうかもしれませんよ。

老　人　いやそうじゃない、心はすぐに始めるな。人間がすっかり目を覚まして、心になにか暗示を与えてくれるよりも前にだ。人間は寝るときに、こんなことを言うかもしれん、「目を覚ましたらすぐに、コレコレの問題を考えよう」と。しかし、人間はやらぬはずだ。人間の心は、人間よりももっとずっと機敏なはずなのだ。人間がようやく目を覚まして、意識が半分くらいハッキリするころには、みると、心のほうはもうすでに、別の問題にとりかかって働いているんだ。実験してみるといい。

若　者　いずれにしても、人間は心を一つの問題に向けさせておくことはできますよ、もしそうしようと思えばね。

老人　いや、もし心がほかの問題をみつけて、その問題のほうが自分にはもっとふさわしいものだと思ったら、ダメだね。原則として、心というものは、頭の鈍い人間のいうことには耳を傾けないし、頭の鋭い人間のいうことにだって耳を傾けない。心はどんな説得も拒むのだ。頭の鈍い人間がいうことは、心をうんざりさせ、遥かかなたのくだらない夢のなかに追いやってしまう。頭の鋭い人間のいうことは、刺激的なアイデアをほのめかせてくれる。だから心のほうでも、それを追いかける。そしてすぐに、相手のことも、その話も、忘れてしまう。きみだって、自分の心がさまよい歩くのを止めることはできないのだよ、もし心がさまよい歩きたいと望んだならな。心のほうが主人で、きみが主人ではないのだからね。

それから数日たった後で

老人　今日は、夢の話だ——だが、これはあとで検討することにしよう。ところで、きみは自分の心に命令することをやってみたかね、オレからの命令を待っていろとか、どんな考え事もオマエ自身の力でやってはいけないとかと？

若者　しました。ちゃんと支度をして命令を受けられるようにしておけ、オレが朝、目を覚ましたときにはだぞ、と命令しました。

老人　心はそのとおりにしたかね？

若者　いいえ。自分自身が始めた何かについて考えだしました。ぼくの命令など待っていませんでした。そのうえ――あなたがおっしゃったように――夜のうちにぼくは一つのテーマを心に与えておきました。朝になったら考えてみるように、と言ってね。そして、考えるのはそのテーマについてだけで、ほかのことは考えてはいかん、と命じておきました。

老人　そのとおりにしたかね？

若者　いいえ。

老人　何回その実験をやってみたかね？

若者　一〇回です。

老人　何回、成功したかね？

若者　一回もしませんでした。

老人　ほら、わしの言ったとおりだ。心というものは、人間から独立しているのだ。人間にはそれをコントロールする力などなにもない。心は、ただ自分の好きなように行動する。問題をえらぶときにも、人間など無視する。それを考えつづけるときにも、人間など無視する。それを捨てるときにも、人間など無視する。心は人間から完全に独立しているのだ。

若者　その先を話してください。なにか実例をあげてください。

老人　きみは、チェスを知っているかね？

若者　一週間ほど前に習いました。

老人　きみの心はそのゲームを一晩中つづけたかね、その最初の晩に？

若者　もちろんです！

老人　きみの心は、熱心に、飽きることなく、そのゲームに興味をもっていた。巧みな駒の進め方に夢中になっていた。きみは心にむかって嘆願し、ゲームはやめて、少し眠らせてくれと言ったね？

若者　ええ。でも、心はそれを聞き入れようとはしませんでした。そのままゲームをつづけたんです。おかげでぼくは疲れきって、朝起きたときには、やつれ果てて、みじめなものでした。

老人　ときによっては、きみはバカバカしいライム・ジングル［押韻あそび］に夢中になったことがあるだろうね？

若者　ええ、ありますとも！
アイ・ソー・イーソー・キスィン・ケイト
アン・シー・ソー・アイ・ソー・イーソー
アイ・ソー・イーソー・ヒ・ソー・ケイト
アン・シー・ソー――
［おいらは見たぞ、イーソーがケイトにキスしてるとこを
すると、彼女も見たんだよ、おいらがイーソーを見たとこを
おいらは見たぞ、イーソーを。あいつも見たんだケイトのやつを
そして彼女も見たんだよ――］
　と、つづくやつです。ぼくの心は、それを聞くと可笑しくて夢中になりました。
一日中、一晩中、それを繰り返して唄いました。一週間ものあいだです。ぼくが何とかやめさせようとしてもきかないのです。ですから、ぼくは、きっと気が狂ってしまうだろうと思いました。
老人　それに、あの新しい流行歌はどうかね？
若者　あっ、そうそう！「イン・ザ・スイートト・バイ・アン・バイ」［J・P・ウェブスターとS・F・ベネットによるセンチメンタルな歌。一八六八年の発表いらい長いあ

いだ流行した。今日、インターネットで「In the Sweet By and By」のメロディーを聞くことができる」で始まるやつですね。そうです。あの新しい流行歌は惚れぼれするようなメロディーがついていたから、頭のなかで自然に唄っていました。昼も夜も、寝ているときも覚めているときも。だから、こっちはもうヘトヘトになりました。心にやめろと言っても、やめさせることができないんです。

老人　そうだ、寝ていても覚めていても、そうだ。心は完全に独立しているのだ。それは主人なのだ。きみは心とは何の関係もないのだ。きみからうんと離れたところにあるのだから、自分の仕事は自分で処理できるし、歌も唄えば、チェスだってやれる、それに、複雑で独創的に組み立てられた夢まで織ってくれることができるのだ、きみが眠っているあいだにな。きみの助けなど必要ないのだ。きみの教えなど必要ないのだ。だから、そのどちらも絶対に使わないのだ、きみが起きていようが寝ていようがね。きみは、一つの考えなど自分の心のなかで創り出せるものと思っていた。そして、そうできると頭から信じ込んでおった。

若者　ええ、そう思っていました。

老人　だが、きみには夢の考えを創り出して、それを心に見せることもできないし、心にそれを受け入れさせることもできないのだよな？

若者　そうです。

老人　そして、その手順を指示することさえできないのだよな、心が夢の考えを自分で創り出したあとでも？

若者　そうです。誰にだってそんなことはできません。で、あなたは、目覚めているときの心と、夢の心とは、同じ機械なのだと思うのですか？

老人　そうだという論拠があるよ。われわれは、突拍子もない奇想天外な考えを真っ昼間に思いつくことがあるね？　夢のような考えを？

若者　ええ――ウェルズ氏のあの人間のようにですね〔「ウェルズ氏」とはH・G・ウェルズ（一八六六－一九四六）のこと。イギリスの小説家・文明批評家。ここは彼の『透明人間』（一八九七）に言及したもの〕。なにしろその人間は自分の身体を透明にする薬を発明したのですからね。それに、あの千一夜物語のようなものもそうですね。

老人　そして、それとは違う夢もあるね、合理的で、単純で、首尾一貫していて、奇想天外ではないような夢が？

若者　あります。ぼくはそんな夢を見ることがあります。実生活そのもの、といったような夢です。その夢のなかには何人かの人がでてきますが、それぞれまったく違った性格をもっているのです――ぼくの心が創造した人たちなのでしょうけど、ぼくにとっては全く見も知らぬ人たちばかりなのです。下品な人、上品な人、賢い人、愚かな人、残酷な人、優しくて思いやりのある人、喧嘩好きな人、仲裁をする人、老人たちや若者たち、美しい少女たちや不器量な少女たち、などです。みんな、その人らしい話し方をし、それぞれ独自の個性を持っています。激しい喧嘩もあれば、激しく辛辣な侮辱も、あるいは激しい愛のやりとりもあります。悲劇もあれば喜劇もあり、胸にこたえる悲しみもあれば、思わず人を笑わせるような言葉や行いもあります。実際、すべてのものが正に実生活そのままなのです。

老人　きみの夢みる心が、その計画を創り出す。そして首尾一貫して、芸術的にそれを発展させ、その小さなドラマを見事にやりとげるのだろう——すべて、きみからの助けや暗示などなしに？

若者　そうです。

老人　ということは、つまりこういうことだ。それは目を覚ましているときでも、きみからの助けや暗示などなしに、同じことができる——わしはそうだと思う。ということは、つまりこういうことだ。それは、寝ていても覚めていても同じもとの心であって、きみの助けなど決して必要としていないのだ。わしは思うのだが、心はあくまでも機械なのだ。完全に独立した機械。自動的な機械なのだ。きみはほかの実験もやってみたかね。わしが、やってみるようにと勧めたやつを？

若者　どの実験ですか？

老人　きみが、自分の心に対してどのくらい大きな影響力をもっているか――もしそんな力があるとしたらだがね――それを決めることのできる実験さ。

若者　ええ。そしてその実験から多少とも楽しみを味わいました。あなたがお命じになったとおりにやってみました。つまり、二つの論題(テキスト)を自分の眼のまえにおきました――一つは退屈なテキストで、少しも興味のわかないもの。もう一つは興味に満ちあふれていて、心がワクワクし、白熱のように燃え上がるものです。ぼくは自分の心に命令して、その退屈なほうにだけ心を集中しろ、と言いました。

老人　心はそれに従ったかね？

若者　それが、だめなんです。言うことをきかないのです。もう一つのほうばかりに集中するのです。

老人　きびしく言って、命令に従わせようとしてみたかね？

若者　ええ、できる限りのことはやってみました。

老人　そのテキストとはどんなものだったのかね、きみの心がどうしても興味をもちたがらず、考えもしたがらなかったというそのテキストは？

若者　それはこんな問題でした。つまり、AはBに一ドル五〇セント借り、BはCに二ドル七五セント借り、CはAに三五セント借り、DとAとはEとBとに対して、一六分の三になるその——その——今になっては、そのあとのことは思い出せませんが、いずれにしても、まったく興味のないものでした。ですから、自分の心をその問題に無理やり集中させるにしても一度に三〇秒も続けていることはできませんでした。心はすぐに、もう一つの問題に飛んでいこうとしたのです。

老人　もう一つの問題とは、どんなものだったのかね？

若者　たいしたものではありません。

老人　だが、どんなものだったのかね？

若者　一枚の写真です。

老人　きみ自身のかね？

若者　いいえ。彼女のです。

老人　そりゃあいい、じつにうまいテストをしたものだ。そのほか、なにかやってみたかね？

若者　ええ。自分の心に命令して、新聞の朝刊にのっている豚肉市場の記事に興味をもつよう言いました。そしてそれと同時に、一六年前のぼくのある体験を思い出すようにとも言いました。すると心は、豚肉については考えようとせず、燃えるような興味をすべてその古い出来事にむけたのです。

老　人　その出来事とは、どんなものだったのかね？

若　者　武装した一人の無法者がぼくの顔をなぐったのです、二〇人もの人が見ている前で。ぼくはカッとなって、殺人でもしかねなくなります、そのときのことを思い出すたびに。

老　人　いいテストだ、両方ともな。実にいいテストだ。わしがやってみろと言ったほかのテストも、ためしてみたかね？

若　者　あのテストのことですか？　それが証明してくれるとおっしゃいましたね、もしぼくが自分の心をそれ自身の趣向にまかせておいたら、心はさまざまなものを見つけて、ぼくの助けなどなしでも、そのものについて考えるはずだ、そうすればぼくも納得して、心は機械であり、自動的な機械であり、外部からの影響力によって作動するようセットされたものであって、ぼくからは完全に独立しているもので、それはまるで他人の頭蓋のなかにでもあるようなものなのだ、ということを。そういうことが分かる、というのでしょう？　そのテストのことですか？

老　人　そうだ。

若者　やってみました。ちょうどヒゲをそっていたときです。前の晩はぐっすり眠れました。ですからぼくの心は実に生き生きとしていました。いえ、陽気で活発だったと言ってもいいくらいです。心は、はるか昔の少年時代の途方もない楽しいエピソードに浸っていました。そんなものが突然パッとぼくの記憶のなかに甦ってきたからです――きっかけは、一匹の黄色のネコを見たからです。そいつは庭の塀の上を用心深く歩いていました。そのネコの色のおかげで、昔いたある牝ネコの姿がぼくの目のまえに浮かびました。見ていると、その牝ネコは説教壇のわきの踏段をのぼってゆくのです。そして、大きなベタベタのハエ取り紙を踏んで、四本の脚ぜんぶにそれをからめてしまいました。すると、もがきながら倒れて、どうしようもなく、まったく自分の意のままにならなくなってしまいました。それでも、まだ、もがきつづけるのです。あおむけになったはいいが、ますます意のままになりません。ますます焦り、ますます意にかなわなくなり、ますます無言のバチあたりな仕草をするのです。静まりかえっている教会内の会衆は、ゼリーみたいにブルブルと身体を震わせていました。涙がみんなの顔を流れ落ちていました。ぼくはその様子をすっかり見ていました。涙を見ていると、ぼくの心ははるか昔の、そしてもっと悲しい場面に飛んで行きました――ティエラ・デル・フエゴ〔南アメリカ南端の群島」です——そして、ダーウィンの眼で、ぼくは見たのです［チャールズ・ダーウィン（一八〇九—八二）の『ビーグル号航海記』第一〇章に出てくる話］。一人の裸の大きな未開人が、自分の小さな息子を岩に叩きつけるのです。それも、ほんのささいな間違いをしただけの理由からなのです。気の毒な母親は、死にかけている子供を抱きあげ、胸にしっかり抱きしめて、泣いていました。ひとことも言葉を口に出さずにです。ぼくの心は、ぼくの姉妹でもあるその裸の黒人の母親と一緒になって、嘆き悲しんだでしょうか？　いいえ——心はすぐにその場面から遠く離れていきました。そして、いつも繰り返して起こる不愉快な夢のことをしきりに思い出していました。その夢のなかで、ぼくはいつもこんな自分を発見するのです。つまり、シャツ一枚になって、広い応接間のなかを、身をすくめ身をかわしながら逃げまわっているのです。まわりには立派に着飾った淑女や紳士たちが大勢いるのです。そして、ぼくはどうしてそんな所に自分がいるのか分からないのです。こんなことが次から次につづいて、一つの映像の後にまた別の映像、一つの事件の後にまた別の事件、転々と絶えず変わるパノラマ、絶えず消えてゆく光景、そういったものがぼくの心によって創り出されるのです、ぼくの助けなど少しも借りずに、です——そう、おそらく二時間もかかるでしょうね、ぼくの心が一五分のうちに数えあげ、映像化したそれらのものの名前をあげるだけでもね。あなたに詳しくお話しするとしたら、そりゃあ大変なことです。

老人　人間の心は、自由にさせておけば、人間の助けなぞ何もいらない。だが、一つの方法がある。その方法によってなら、人間は心の扶けを得ることができるのだ、人間がそれを望むときにな。

若者　その方法とは、どんなものですか？

老人　きみの心が一つの問題から別の問題へと駆けめぐって、人を元気づけるような問題にぶつかったとき、きみは口を開いてその問題について語りはじめるのだ——あるいはペンを執って、それを使うのだ。そうすれば、それはきみの心に興味をおこさせ、それに集中させるはずだ。その問題を思いきり追求するはずだ。そしてまっしぐらに突撃し、おのずから言葉を用意してくれるはずだよ。

若者　でも、ぼくは心に命令しないのですか、何か言うべきことを？

老人　そんな暇のないときも確かにある。言葉のほうが先に飛び出してしまうのだ、何がやってくるか気がつく前にな。

若者　たとえば？

老人　そうだな、たとえば「機知のひらめき」——つまり、当意即妙の応答だな。

ひらめきとは、まさにピッタリの言葉だ。それは即座に出てくるものだ。言葉を整頓しているひまなどない。考えるひまもないし、思案しているひまもない。機知のしくみのあるところでは、それは行動の点では自動的であって、なんの扶けも必要としないのだ。この機知のしくみがないところでは、どんなに研究しようと、思案しようと、その成果を作り出すことはできない。

若者　あなたは本当に考えておられるのですね、人間は何一つ創り出すことはできない、何一つ創造することはできないのだと。

思考の過程

老人　そのとおり。人間は知覚する。それから、人間の頭脳という機械が自動的に結合させるのだ、その知覚したさまざまなものをね。ただ、それだけのことなのだ。

若者　あのスチームエンジンはどうなんですか？

老人　五〇人の人間がいても一〇〇年かかる。それを発明するにはな。発明の一つの意味は、発見だ。わしは発明という言葉をその意味で使っている。少しずつ少しずつ彼らは、役にたつ無数の細かいものを発見し、それらを応用して、完全なエンジンを作りあげるのだ。ワット〔ジェイムズ・ワット（一七三六―一八一九）。機械技師、スチームエンジンの完成者〕は気がついた。閉じこめられたスチームは非常に力が強く、ティーポットのふたを持ち上げることだってできる、ということにな。彼は、そのアイデアを考え出したのではない。ただその事実を発見したにすぎない。そんなことは、ネコだってそれまでに一〇〇回も気がついていたはずなんだよ。ティーポットから、ワットはシリンダーを開発した――持ち上がるふたから、ピストン棒を開発した。ピストン棒に何かをつけてそれを動くようにすることは、簡単なことだった――クランクや車輪のことだ。それで使えるエンジンができた＊。一つ一つさまざまな改良がさまざまな人たちによって発見されたが、それは自分たちの目を使う人たちによって発見されたのであって、自分たちの創造力によって発見されたのではない――なぜなら、彼らはそんな力はなにも持っていなかったからだ――そしていまや、それから一〇〇年もたって、五〇人あるいは一〇〇人という観察者たちの辛抱づよい貢献がぎっしりと積み重なって、あのすばらしい機械ができあがり、その機械がオーシャンライナー〔遠洋定期船〕を動かしているのだ。

＊原作者註――ウスター侯爵が、ここまでのことはすべて一世紀以上まえに、やっていた。

若者　では、シェイクスピアの芝居はどうですか？

老人　それができあがる過程も、同じだ。初めの役者は未開人だった。彼は芝居めいた出陣の踊りとか、凱旋（がいせん）の踊りとか、そういったもののなかで、さまざまな出来事を再現した。彼が実生活のなかで見てきた出来事をな。文明が進歩するにつれて、ますます多くの事件や、多くのエピソードがふえてきた。そして、役者や物語作家がそういったものを借用するようになった。そんなふうにして、演劇は発展してきた。少しずつ少しずつ、ひと芝居ずつひと芝居ずつだ。あの手の込んだシェイクスピアの芝居は、その最終的な結果だ。あれは、人生のさまざまな事実から生まれたものだ、創造物などではない。ギリシア演劇を発展させるには何世紀もかかった。前の時代から借用し、次の時代へ貸しつけてきたからだ。人びとが観察し、積み重ねるのだ。ただそれだけなのだ。ネズミだって、同じことをするんだよ。

若者　どのようにしてですか？

老人　ネズミは、ある匂いをかぐ、チーズではないかと思う、探す、発見する。例の天文学者［U・ルヴェリエ（一八一一―七七）のこと］は、あれやこれやと観察する、そのあれやこれやを、一〇〇人もの先輩のあれやこれやにつけ加える、目には見えないがあれは星ではないかと思う、探す、発見する。ネズミはワナにはまる、苦労してそこから抜け出る、ワナのなかのチーズは苦労してとるだけの価値がないのではないかと思う、そして二度とそのワナにちょっかいを出さなくなる。天文学者は自分の業績を非常に誇りに思う、ネズミだって同じように誇りに思う。だが、両者とも機械にすぎない、両者は機械的な仕事をしただけで、なに一つ創り出してはいない、うぬぼれる権利など何もない。すべての名誉は彼らの「造物主」にある。彼らには栄誉も、称賛も、死んでからの記念碑も、追悼も、受ける資格などないのだ。ただ一方は複雑で手の込んだ機械であり、もう一方は単純で局部的な機械であるにすぎないのだ。だが、両者ともその原理、機能、過程の点では同じで、どちらも自動的にしか動かないのだ。そしてどちらも、たがいに相手にたいして**その本体**の優越さや、そのもの本体の威厳を正当に要求することなどできないのだ。

若者　それでは、自分で勝ち得たそのもの本体の威厳だとか、自分の行為にたいするそのもの本体の利点という点では、必然的にこういうことになるのですね、つまり人間はネズミと同じレヴェルにあるのだと？

老人　人間の兄弟、ネズミ。そう、そんなふうに、わしには思えるのだ。どちらも、その行為にたいするそのもの本体の利点など受ける資格はない、必然的にこういうことになるね。つまり、どちらも相手にたいして（そのもの本体として創り出された）優越性を主張する権利などないのだと。

若　者　あなたは、こんなイカれた考えを信じつづけるおつもりなんですか？　そのような考えをどこまでも信じつづけるおつもりなんですか、たとえ、いくつもの有力な論証があって、それらが照合された事実や事例によって裏づけられていたとしても？

老　人　わしはこれまでずっと、謙虚で、真剣で、誠実な「真理の探究者」でありつづけて来たのだよ。

若　者　そりゃあ、けっこうなことですけど？

老　人　謙虚で、真剣で、誠実な「真理の探究者」は、いつだって改宗ができるのだ、こんな手段を使ってね。

若　者　そうおっしゃるのを聴いて、ぼくは神に感謝します。なぜなら、やっとぼくにも分かったのですけど、あなたの改宗は――

老　人　まあ、待ちたまえ。きみは誤解している。わしは「真理の探究者」でありつづけて来たと言ったのだ。

若　者　それで？

老人　今はそうではない、ということだ。忘れてしまったのかね？　わしはこう言ったはずだ、世の中には一時的な「真理の探究者」しかいないのだ。永遠なる「真理の探究者」など、人間には不可能なことだ。「探究者」は、「真理」であると完全に確信するものを発見するとすぐに、それ以上の探究はやめて、残りの生涯をむだに送り、ガラクタを探し出してきては、「真理」の漏れ口にあてがい、詰め物をし、つっかい棒をたて、風雨に耐えるものにし、それが自分の頭の上に落ちてこないようにしようとする。だから、長老派教会の信者はいつまでも長老派教会の信者であり、イスラム教徒はいつまでもイスラム教徒、唯心論者はいつまでも唯心論者、民主党員はいつまでも民主党員、共和党員はいつまでも共和党員、君主制主義者はいつまでも君主制主義者でいるのだ。だからもし、謙虚で、真剣で、誠実な「真理の探究者」が命題の中で、月がグリーンチーズで出来ているということを発見したとしたら、なにものも彼をその命題から変えさせることはできないはずだ。なぜなら、彼は自動機械いがいの何ものでもないからで、それゆえ、彼の構造の法則に従わねばならないからなのだ。

若者　それで——

老人　わしは「真理」を発見した。つまり紛(まぎ)れもなく、人間なんていうものは、自分を動かす衝動をたった一つ持っているだけだ——その衝動とは、自分自身の精神を満足させようとすることである——そして人間は「機械」にしかすぎず、自分の行なういかなる行為にたいしてもそのもの本体の利点を受ける資格などない、ということだ。それゆえ、こういうことを知ったからには、わしにはそれ以上の真理を探究することなど、人間的に不可能なのだ。それで、わしの残りの生涯は、自分のこのきわめて貴重な所有物を補修し、ペンキをぬり、パテをはり、すき間をふさいだりして過ごすことになるはずなんだよ。そして、そっぽを向いて過ごすことになるだろうな、わしに哀願してくるような主張や、打撃となるような事実が身に迫ってきたときにもな。

第六章　本能と思考

若者　実に不愉快な考え方ですね。あなたのその酔っぱらいのような理論は。ついさっき、あなたがお話しになったものですけどね――つまり、ネズミだの何だのについて――ああいう理論は、「人間」からそのすべての品位や、威光や、威厳を剝ぎ取ることになりますよ。

老人　人間は、もともと、剝ぎ取られるものなんか何ももってはおらんのだよ。そんなものはニセものであって、盗んできた服なのだ。人間は当然の権利のようにあれこれと名誉を要求するが、その名誉は人間の「造物主」にだけ属しているものなのだ。

若者　でもあなたには、人間をネズミと同じレヴェルにおくなどという権利はありませんよ。

老人　そう、ないね——道徳的にはね。そんなことをしたら、ネズミに申し訳ないよ。ネズミは人間よりもはるかに優れているからね、その点ではな。

若者　冗談をおっしゃっているんですか？

老人　いいや、冗談など言ってはおらんよ。

若者　では、どういう意味です？

老人　それは、「道徳観」の部類に入るな。大きな問題だ。だから、今やっている話を先に片づけてしまおう。それから後でその問題を取りあげようじゃないか。

若者　けっこうです。で、あなたも、どうやらお認めになっているようですね、あなたが「人間」とネズミとを同一のレヴェルにおいておられるということを。で、そのレヴェルとは何ですか？　知性ですか？

老人　形の点でだよ——程度の点なんかじゃない。

若者　と、言いますと。

老人　わしの考えでは、ネズミの心も人間の心も同じ機械なのだ。ただ、能力が等しいわけではない——きみの能力とエジソン〔トマス・エジソン（一八四七—一九三一）。

マーク・トウェインより一二歳若年」の能力との場合のようにな。アフリカのピグミー族の能力とホメーロスの能力。ブッシュマンの能力とビスマルクの能力の場合もそうだ。

若者　どうしてそういうことになるのですか、下等動物には知的能力などなくて本能だけなのに、人間には理性があるのですよ？

老人　本能とは何かね？

若者　それは、考えることなく機械的にくりかえす運動にすぎぬものです、祖先から受けついできた習慣をね。

老人　そんな習慣を初めにつくったのは何かね？

若者　最初の動物がそれを始め、その子孫がそれを受けついできたのです。

老人　どうして最初の動物はそれを始めるようになったのかね？

若者　分かりません。でも、その動物が考え出したものではないでしょうね。

老人　どうしてきみには分かるんだね、そうではないなどと？

若者　それはその——とにかく、ぼくにだって、ありますよ。そうではないと思う権利が。

老人　きみにはそんな権利なんかないと、わしは思うよ。ところで、思考とは何かね？

若　者　あなたがそれを何と呼ぶのか、ぼくには分かります。つまり、機械的で自動的な寄せ集めですよね、外部から受けたさまざまな印象の。そして、そうした印象から一つの推論を引き出すこと、そのことなんですよね。

老　人　うん、よくできた。さてここで、「本能」というあの意味のない言葉についてのわしの考えだが、それは、本能なんていうものは単なる**石化した**思考にすぎない、ということだ。つまり、習慣というものによって固められ、生命のないものにさせられた思考なのだ。かつては生命をもち目を覚ましていたのだが、いまでは意識を失ったようになっている思考――眠りながら歩いているとでも言えるような、そんなものだ。

若　者　例をあげて説明してください。

老　人　じゃあ、牝牛の群れを例に取ってみよう、牧場で草を食べているやつだ。牛たちの頭はみんな同じ方向を向いている。牛はそれを本能的にやっているのだ。そうすることによって何の利益を得るわけでもない、そうしなければならぬ何の理由もない。自分たちがなぜそうしているのか、その理由も知らない。それは、祖先から受けついできた習慣であって、そうした習慣が初めに考えられたものなのだ――

つまり、外部の事実に対する観察と、貴重な推論なのだ。そしてその推論は、そうした観察から引き出されたものであり、経験によって確かめられたものなのだ。最初の野生の牡牛は気がついた。風がうまい具合に吹けば、敵の臭いをかぎつけて、いち早く逃げることができるということをな。それからその牛は推論した。自分の鼻を風の吹く方向にいつも向けておくのは、そうするだけの価値があることだとな。これは、一つの過程であって、それを人間は理由づけと呼んでいる。人間の思考機械は、ほかの動物の思考機械とまったく同じ働きをする。しかし、動物の機械よりも優れていて、ずっとエジソン的なのだ。人間が、牡牛と同じ立場にたったら、もっと先に進むだろうし、もっと広い理由づけをするはずだ。つまり、群れの一部を反対の方向に向かせ、群れの前も後ろも守らせるようにするはずだよ。

若者　あなたは、本能という言葉は意味のない言葉だとおっしゃいましたか？

老人　わしの考えでは、あれはマヤカシの言葉だな。われわれを混乱させる言葉だと思う。なぜなら、原則として、その言葉は習慣や衝動を指しているのだが、その習慣や衝動は遥か昔に思考の起源をもっておるのに、ときどきその原則をやぶって、とんでもない習慣を指すこともあるからなのだ。思考の起源などとはとても主張できないような習慣をね。

若者　例をあげてください。

老人　そうだな、たとえば、ズボンをはくとき、人間はいつも同じ方の足を最初に入れる――決して反対の方の足は入れない。そんなことをしたって何の利点もないし、そこには何の意味もないのだがな。人間はみんなそうする。そのくせ、誰ひとり、そのことをじっくりと考えたことはないし、はっきりとした目的でそうしているわけでもない、とわしは思うのだ。しかし、それが習慣となって、受け継がれていることは確かだ。そして、これからもずっと受け継がれてゆくはずだ。

若者　あなたは、そうした習慣が存在することを証明できますか？

老人　きみにだって証明できるんだよ、できないだろうなどと思うならね。ある人間を洋服屋に連れていって、じっと観察するんだ、ズボンを一〇本あまりはくところをね、そしたら分かるはずだ。

若者　さっきの牝牛の例ですが、あれだけでは――

老人　証明に充分ではない、と言うのかね？　口のきけない動物の知的機械も人間の知的機械とまったく同じであり、その理由づけの過程も同じなのだということの証明には？　それなら、もっとくわしく説明しよう。きみがエジソン氏に箱をひとつ手渡すとする。それは何かうまい仕掛けがしてあって、ポンと開くようになっている箱だ。すると彼は、バネ仕掛けになっているなと推論するはずだ。そして、その仕掛けを探し、見つけ出すはずだな。ところで、わしの伯父はむかし、年老いた馬を一頭飼っていた。ところがこの馬は柵のしてある用地によく入り込むのだ。そこにトウモロコシの貯蔵小屋があったからだ。そして、こっそりそこのトウモロコシを食べておった。ところが罰を食らうのは、いつもこのわしなんだ。なぜって、伯父の考えでは、わしがうっかり木製のピンを差し忘れたからだ、というのだ。小屋の門を閉めておくあのピンだ。こうして、しょっちゅう罰を食らっていたおかげで、わしは疲れ果ててしまった。そうした罰のおかげで、わしは犯人がどこかにいるにちがいないと推論するようにもなった。そこで身を隠して門を見張っていた。するとまもなく、馬がやってきて、自分の歯でピンを引き抜くと、中に入っていったんだ。そんなことは、誰ひとりその馬に教えた者はいなかった。奴は観察していたのだ――それから、そのことを考え出したのだ、自分でな。奴の思考過程はエジソンの思考過程と違ってはいなかった。つまり、奴はあれこれを結びあわせて、ひとつの推論を**引き出した**のだ――そして、ピンも**引き出した**、っていうわけだ。だが、わしは奴が一汗かくほど、こっぴどく叱りつけてやったがな。

若者　そのお話には、思考らしいものが、いくらかありますね。でも、その思考はあまり手の込んだものではありませんね。もう少しくわしく話してくださいませんか。

老人　では、エジソンが誰かから手厚いもてなしを受けていた、としよう。彼は、しばらくして、またその家を訪れる。すると、その家は空家になっている。そこでエジソンは推論する。その家の主人は引っ越してしまったんだとな。その後しばらくして、別の町で、彼はその主人がある家に入ってゆくのを見かける。そこで彼は推論する。さてはあれが今度の家なのだなと。そして後について行って、そうなのかどうか尋ねてみようとする。さて、ここで、一羽のカモメの体験談をお聞かせしよう。ある博物学者が話してくれたものだ。場所はスコットランドの漁村。この村では、カモメはどのカモメもみな優しく扱われていた。だからこの話のカモメもある家を訪れた。そして餌をもらった。次の日もやってきて、また餌をもらった。その次の日には家のなかに入り込んで、その家の者たちと一緒に食事をするようになった。それから後は、ほとんど毎日これをつづけた。ところが、あるとき、そのカモメが旅に出た。数日のあいだだ。そして戻ってみると、その家は空家になっていた。友だちだったその家の人たちは、三マイルほど離れた別の村に引っ越していたのだ。それから数カ月たったある日、カモメはその家の主人を村の通りで見かけた。

そこで、家まで跡をつけてゆき、その家に入った。挨拶も、釈明もせずにだ。そしてまた、その家を毎日たずねるようになった。カモメというものの地位は、知的には高くはない。しかしこのカモメは記憶力と推理力とをもっていたのだ、お分かりのようにな。そして、それらの力をエジソン流に応用したわけなのさ。

若者　でも、カモメはエジソンのような天才ではありませんでした。ですから、どんなに啓発したってそのようにすることはできませんよ。

老人　そう、できないだろうね。だが、きみなら、できるかね？

若者　そんなこと、ここでは関係ないでしょう。先をつづけてください。

老人　もしエジソンが何か困っていて、どこかの見知らぬ人が彼を扶けて問題を解決してくれたとする。そして翌日またエジソンが同じ問題で困ったとする。そしたら、エジソンはどうするのが賢明な方法かを推論するはずだ、その見知らぬ人の住所を知っていた場合にはな。ここでまた、小鳥と見知らぬ人との場合をお聞かせしよう。ある博物学者が話してくれたものだ。あるイギリスの紳士が一羽の小鳥を見た。小鳥はその紳士が飼っている犬の頭のうえを飛びまわっていた。庭のずっとはずれのところでだ。そしてその小鳥は悲しそうな声をたてていた。紳士はその場に行って様子を見ようとした。すると、飼犬が口にヒナ鳥をくわえていたのだ――ケガはさせずにだよ。紳士はそのヒナを扶け、茂みの中に置くと、犬を連れてかえった。翌朝早く、母鳥が紳士のところにやって来た。紳士がヴェランダに腰かけていたからだ。そして巧みなやりかたで紳士をさそい、庭のはずれまでついて来てもらおうとした——紳士の少し前を飛んだり、紳士が追いつくまで待っていたりなど、さまざまなことをしてな。曲がりくねった小道を、くねったとおりにたどっても行くのだ。決して近道などして敷地を横切るようなことはしなかった。その距離は四〇〇ヤードばかりあった。前の日と同じ飼犬が犯人だった。犬はまたそのヒナをくわえていた。またしても主人に返さなければならなかった。さあ、これだ。母鳥はこうしたことをすべて理論的に考えていたのだ。見知らぬ紳士がいちど自分を扶けてくれたから、また扶けてくれるはずだと推論したのだ。母鳥は紳士の居場所を知っていた。だから確信をもって使いに行った。母鳥の知的思考過程は、おそらくエジソンの知的思考過程と同じだったのだ。母鳥はあれやこれやを考え合わせた——そして、それがまさに思考のすべてなのだが——その考え合わせたものの中から、論理的な推論を組み立てたのだ。エジソンだって、これ以上にうまくはできなかったはずだよ。

若者　あなたのお考えでは、口のきけないような多くの動物でもきっと考えることはできるのだ、と思っておられるのですか?

老人　そうとも――象も、猿も、馬も、犬も、オウムも、インコも、モノマネ鳥も、そのほか多くの鳥がそうだ。ある象など、連れあいが落とし穴に落ちたとき、一所懸命に泥やゴミをその中に投げ込んで、底がもりあがって、落ちた象が外に出られるまでそれをつづけたそうだが、この象には推論する力が備わっていたのだ。だから、わしの考えでは、動物でも教育や訓練を通じて物事を学ぶことのできるものはすべて、観察の仕方を知り、あれやこれやのものを考え合わせ、ひとつの推論を引き出しているに違いない――これが思考の過程というものだ。きみは、バカな人間に武器の取り扱い方を説明書どおりに教えることができるかね、そして、進撃したり、退却したり、複雑な野外作戦をこなしたりなど、こういったものを命令どおりにやらせることができるかね?

若者　底なしのバカだったら、だめですね。

老人　ところがだ、カナリアは、そういうことをすべて学ぶことができるのだ。犬や象でもあらゆる種類の驚くべきことを学ぶことができるのだ。彼らは注意し、いろいろなものをまとめ、自分に向かってこんなふうに言うことがきっとできるに違いない。「よし、分かった。これこれのことを、命令どおりにやれば、自分は誉められ、餌をもらえる。命令どおりにやらなかったら、罰をくらうんだ」とな。ノミにだって、ほとんど何でも教えることができるよ、下院議員と同じくらいにはな。

若者　じゃあ、口のきけない動物たちも、低い水準ではものを考えることができるということを認めるとして、高い水準で、ものを考えることができるような動物が何かいますか？　人間に近い高等なものが？

老人　ああ、いるね。ものを考え立案する者として、アリは人間にも匹敵するね。いくつかの技の点での独学の専門家としては、アリは人間のどんな未開の部族よりも優れている。そして一、二の高度な知的能力においては、アリのほうがどんな人間の能力よりも上なのだ。その人間が未開人であろうと文明人であろうとな。

若者　よしてください！　あなたは知的境界線を取っ払おうとしているんだ、人間と動物とを分け隔てている境界線をね。

老人　いいや、そうではない。誰も取っ払うなんて、できっこないよ。もともと存在しないものなんだからね。

若者　まさか、本気でおっしゃっているのではない、でしょうね。そのような境界線なんかないのだなどと、真面目くさっておっしゃるはずはありません。

老人　いいや、真面目に言っておるんだよ。あの馬や、カモメや、母鳥や、象などの例でも分かるように、これらの動物たちはあれやこれやを考え合わせた。ちょうど、エジソンもおそらくやったと同じようにしてだな。そして、同じような推論を引き出した。エジソンもおそらくやったと同じようにしてな。彼らの知的機械は、エジソンの知的機械とまさに同じなのだ。その作動の仕方もそうだ。彼らの機械装置は、エンジンの機械装置よりも、その精巧さにおいては劣る。それは、ウォーターベリー［コネチカット州西部の都市で時計の製造地］製の時計が、ストラスブルグ［フランス北東部の都市「ストラスブール」のこと］製の時計よりも劣るのと同じことなのだ。だが、それが唯一の違いだ——境界線など何もないのだよ。

若者　腹立たしいほどですが、本当のように見えますね。それに、まったく不愉快です。それは口のきけない獣を持ちあげて、そして——そして——

老人　そんなウソつき言葉はやめようじゃないか、そして彼らを「神の啓示を受けてない被創造物」と呼ぶことにしよう。われわれの知り得るかぎりでは、口のきけない獣などというものはいないのだからね。

若者　どんな根拠から、あなたはそんな主張をなさるのですか？

老人　まったく単純な根拠からさ。「口のきけない」獣というものが暗示しているのは、思考機械も、理解力も、言語ももたず、心にあるものを伝達する手段ももっていない動物だからだ。しかしわれわれは、雌鶏が言葉をもっていることを知っている。その話す言葉をすべて理解することはできないが、それでも言葉の中の二、三のものなら容易に憶えられる。「卵を生んだわよ」と言っているときは、分かる。ヒナたちに向かって「みんな、ここへいらっしゃい、お母さん、虫をみつけたわよ」と言っているときにも分かる。警告の声をあげて、「さあ、早く！　急いで！みんな、ママの翼の下に隠れるのよ。タカがきますからね！」と言っているときも分かる。われわれはネコの言うことも分かる。そのネコがぐっと伸びをし、ゴロゴロとのどを鳴らしながら愛情と満足の様子を見せ、やさしい声をたてて、こんなことを言うときだ。「さあ、みんな、おいで、ごはんですよ」と。悲しげな声をあげながら、あちこちと歩きまわり、こんなことを言うときも、その言葉が分かる。「あの子たちどこへ行ったのかしら？——迷子になったんだわ——探すの、手伝ってくれません？」と。それにわれわれは評判のわるい牡ネコの言う言葉も分かる。その牡ネコが何かの臭いをかぎつけて、真夜中に自分の小屋からこう言うときだ。「おい、ここへきてみろ、このふしだらな商売の落とし子野郎め。てめえの毛を吹き飛ばしてやるからな！」とな。われわれは犬の言葉も二つや三つ理解できるし、どんな鳥やほかの動物でも飼って観察すれば、その言葉や身振りのいくつかは理解できるようになる。雌鶏の言葉の中に、われわれがハッキリと正確に理解できる言葉がいくつかあるということは、その雌鶏が仲間に伝えることのできることが何百もある、ということであって、われわれはただそれを理解できないだけなのだ、という論拠からだ。――ひとことで言えば、雌鶏は会話ができる、ということになるのだ。この論拠はまた、「神の啓示を受けていない」ほかの大多数の動物の場合にもあてはまる。これは人間の自惚れとオコガマシサがやりそうなことなのだ、動物を口がきけないもの、などと呼ぶのはね。なぜなら、動物は人間の鈍感な直観力に対して口をきいていないだけなのだからね。さてここでまた、アリの話に移ろうかな――

若者　ええ、その話に戻ってください。アリという創造物は――どうやら、あなたのお考えでは――知的境界線の最後の痕跡までも消してしまうもののようですからね。人間と「神の啓示を受けていないもの」とのあいだの。

老人　たしかに、アリはそうなのだ。人間のあらゆる歴史を通して、オーストラリアの先住民は、自分のための家などというものは考えもしなかったし、建てもしなかった。だがアリは驚くべき建築家だ。アリは非常に小さな創造物だが、頑丈で長もちのする家を建てる。高さ八フィートもある家だ――自分のサイズに比例したその大きさは、人間のサイズに比べた場合、世界最大の神殿や大聖堂にも相当することになる。未開人の種族の中で、これほどの建築家を生み出した種族は一つとしてない。みんな才能や文化の面で、アリにはとても及ばないのだ。文明人の種族の中でさえ、これほどの建築家を生み出した種族は一つとしてない。一つの家を設計するにも、さまざまな使用目的の点で、アリの家以上に上手に設計できた建築家は一人もおらん。アリの家には女王の部屋もある。育児室もある。穀物貯蔵室もある。兵士たちや、労働者たち、などなどのアパート式の部屋もある。そしてそれぞれの部屋と、それらをつなぐ多種多様なホールや廊下はうまく編成され配置されているのだが、それは教育され経験をつんだ目をもってなされたものであり、利便性と順応性とを考えてのものなのだ。

若者　それはみんな本能にすぎない、とまで言えるんですね。

老人　それは、未開人を現在よりもっとずっと向上させるはずだ、もし未開人がそうした本能をもっていたらな。だが、もっとよく考えて、それから後で結論を出すことにしよう。アリは兵隊をもっている――大隊、連隊、軍団まである。そしてそれらは、おのおの、指揮官や将軍をもっている。そしてその指揮官や将軍がアリたちの先頭に立って闘いに行くのだ。

若者　それだって本能だと言えるんですね。

老人　もっと先まで考えてみよう。アリは政治組織ももっている。それは立派に計画されていて、手の込んだもので、立派に運営されている。

若者　それも本能ですね。

老人　アリは多数の奴隷ももっている。そして、冷酷で不当な主人であって、厳しく奴隷を働かせている。

若者　本能ですね。

老人　アリは牝牛も飼っていて、乳をしぼっている。

若者　本能ですね、もちろん。

老人　テキサス州では、アリは一二平方フィートの農場を設計して、そこに植物を植え、雑草をとり、耕作をし、作物を集め、そして貯蔵までしている。

若者　本能ですね、それも、やはり。

老人　アリは味方とよそ者との区別をする。サー・ジョン・ラボック［一八三四―一九一三。イギリスの銀行家・科学者。トウェインはラボックの『アリとミツバチとスズメバチ』（一八八二）を参考にしてこの個所を書いている］は、何匹かのアリを二つの異なる巣から取り出し、ウィスキーで酔わせて、そっと横たえておいた。意識を失ったままの状態で、その二つの巣の一つのかたわらに置いたのだ。近くには水辺がある。何匹かのアリがその巣から出てきて、これらの恥さらしなアリを調べ、議論をした。それから味方のアリを巣に連れて帰り、よそ者のアリは水中に投げ込んだ。サー・ジョンはこの実験を何度もくり返した。しばらくの間は、酔っていないアリたちは、初めにしたのと同じことをしていた——つまり、味方のアリを巣に連れて帰り、よそ者のアリは水中に投げ込んでいた。だが、最後には、我慢できなくなった。というのも、自分たちの矯正の努力がムダだと分かったからだ。そこで、味方のアリもよそ者のアリも両方とも水中に投げ込んでしまった。さあ、どうかね——これも本能かね、それとも、よく考えた、知的な議論の結果だったのかね？　新しい——まったく新しい事態についての議論のだよ？——彼らの経験にとってね？　裁判で言えば、評決にも達し、宣告も下され、刑も執行されたのだよ？　これも本能かね？——長年の習慣によって石化した思考なのかね？——それとも、まったく新しい思考なのかね？　これこそ、新しい事態、新しい状況によって吹き込まれたものではないのかい？

若　者　そう認めざるを得ませんね。それは習慣の結果ではありませんでした。どれもこれも、熟慮や思考の結果、あなたの言葉を借りれば、あれこれのものを結びあわせた結果のようです。それは思考だったと思います。

老人　もう一つ思考の例をあげよう。フランクリン〔ベンジャミン・フランクリン（一七〇六―九〇）のこと〕は砂糖の入ったコップを一つ自分の部屋のテーブルに置いた。何匹ものアリが砂糖を求めてやって来た。そこでフランクリンはいくつかの防止策を試みた。ところがアリたちのほうが上手だった。とうとう、彼はアリが近づけないような策を考えた――おそらく、テーブルの脚を水の入ったナベに入れるとか、コップの周りにぐるりとタールを塗るとか、そういうことをしたのだろう、わしはハッキリとは憶えておらんがね。とにかく、彼はアリたちがどうするかじっと見守っていた。アリたちはいろいろな企みをためした――失敗つづきだった、いくらやってもダメだった。アリたちはひどく困った。とうとう会議を開き、問題を討議して、一つの結論に達した――そして今度は、あの偉い哲学者先生を負かした。つまり、連中は行列をつくり、床を横切り、壁をのぼり、天井を伝ってコップの真上まで行進し、それから一匹ずつ、手をはなしてコップのなかに落ちたんだ！　これも本能だったのかな――石化した思考だったのかな、長年にわたって受けつがれてきた習慣によって石化したやつ、だったのかな？

若者　いえ、そうだったとは思いません。それは新しく推論された方策だったと思います。新しい緊急事態に対処するためにね。

老人　よろしい。きみは、推理力というものをこの二つの例の中に認めたわけだ。それでは今度は、知的な細目に移るとしよう。アリは、どんな人間よりもはるかに優れている、ということについてな。サー・ジョン・ラボックは、数多くの実験によって次のことを証明した。つまり、アリは自分自身と同種族のなかにあっても、よそ者のアリを一瞬のうちに見分けてしまう。たとえ、そのよそ者のアリが変装していても——ペンキなどを塗ったりしてだ。またラボックはこんなことも証明した。つまり、アリは一つ一つのアリを自分の五〇万匹にものぼる大群のなかからでも識別できるのだと。さらに、アリは、五〇万匹のうちの一匹のアリが一年のあいだ巣を留守にした後でも、その戻ってきたアリをすぐに見分けて、その見分けたことを、愛情あふれる歓迎で美しく飾るということもだ。こうした見分けが、どのようにしてなされたのか？　色によったのではない。なぜなら、ペンキを塗ったアリたちだって、見分けることができたからだ。臭いによったのでもない。なぜなら、クロロフォルムに浸けたアリたちだって、見分けることができたからだ。言葉によってでも、触覚の信号や身体の接触によってでもない。なぜなら、酔っぱらって動けなくなったアリたちだって見分けられ、味方がよそ者からちゃんと区別されたからだ。

アリはすべて一つの種族だった。だから、味方のアリたちは、姿と形だけで見分けられなければならなかった――五〇万の群れの一部をなしている味方をだ！　どんな人間が、姿と形に対してこれに匹敵するような記憶力をもっているだろうかね？

若者　ぜったい、いませんね。

老人　フランクリンのアリたちやラボックのアリたちを見れば、素晴らしい能力が分かる。あれやこれやのものを、新しい、経験したこともない緊急事態の中で考え合わせ、スマートな結論を、そうした組み合わせの中からひき出すという能力が分かるのだ――これはまさに人間の思考過程そのものだ。記憶という力をかりて人間は、観察したものや推論したものを貯え、それらを熟考し、それらにつけ加え、もう一度組み合わせ、遠くにある成果をめざして進んでゆくのだ――つまりヤカンからはじまり、快速定期客船の複雑なエンジンまで、個人労働から奴隷労働まで、アメリカ先住民のテント小屋から宮殿まで、気まぐれな狩猟から農業と食糧の貯蔵まで、遊放生活から安定した政体や中央集権まで、まとまりのない大集団から統制のとれた軍隊まで、進んでゆくというわけなのさ。アリは観察力や、推理力や、途方もない記憶を貯える補助機能まで持っている。つまりアリは、人間の進歩と、人間の文明の本質的な特性とを複製したのだ。それでもきみは、それをすべて本能だというのだ！

若者　たぶん、推論する力を欠いていたのは、ぼく自身のようですね。

老人　よし、だが、誰にも言ってはいかん。それに、二度と繰り返してはいかん。

若者　ぼくたちの話もずいぶん進みました。結果として——ぼくの理解するところでは——どうやら、ぼくはこういうことを認めなければいけないようですね。つまり、人間と「啓示を受けてない創造物」とを区別する知的境界線などというものは絶対にないということを？

老人　そうだ、それをきみは認めなくてはいけない。そんな境界線なんかないのだ——この事実を避けて通ることはできないのだ。人間はすばらしい有能な機械をその内部にもっていて、ほかの生き物がもっている機械など比較にならない。しかし、それはやはり同じ機械であって、作用も同じように働いているのだ。そして、人間もほかの生き物も、その機械を支配することはできない——それは完全に自動的であって、コントロールなどできるものではなく、自分の好きなときに働き、気の向かないときには、いくら強制しても働きはしないのだ。

若者　それじゃ、人間もほかの動物もみんな同じなんですね、知的機械という点では。そして両者の間には、途方もなく大きな違いなど少しもないというわけですね、ただ質の点だけが違っていて、種類の点では違っていないのですね。

老人　まあ、そんなところだろうな――知力という点ではな。そりゃあ、ハッキリとした限界が、両者それぞれにはある。われわれ人間は彼らの言葉をあまり理解できるようにはならない。しかし犬や象などは、われわれの言葉をかなり理解できるようになる。その限りでは、彼らのほうがわれわれよりも優れている。しかしその一方で、彼らは読んだり書いたりすることを学ぶことなどできないし、われわれのもっている洗練された高尚なものを学ぶこともできない。だからこの点では、われわれのほうが彼らより遥かに優れている。

若者　その通りですね。彼らには彼らなりの長所があり、それはそれでよしとしておきましょう。でも、まだ壁があります。しかも、かなり高い壁です。彼らには「道徳観」がありません。われわれには、それがあります。そしてそのお陰で、われわれは計り知れないほど高く彼らを凌いでいます。

老人　どうして、そんなふうに考えられるかね？

若者　お言葉ですが――その話はもうやめにしましょう。ぼくはこれまで、人間に対するあなたの非難やむてっぽうな意見にもじっと我慢してきました。ですから、もうたくさんです。ぼくは絶対に、人間と動物とを道徳的に同じレヴェルに置こうなどとはしませんからね。

老人　わしは、人間をそんなにまで高く評価するつもりはなかったね。

若者　えっ、そりゃあ、あんまりです！　よくないと思いますよ、このような問題で冗談を言うなんて。

老人　冗談など言ってはおらんよ。ただ明々白々の単純な真実、それをそのまま言っておるだけさ——それも、情け容赦のない言い方を避けてだ。人間は善いことと悪いこととの区別を知っている、という事実は、人間のほうがほかの創造物よりも知的に優れている、ということを証明している。しかし、人間は悪いことをすることができる、という事実はまた、こういうことも証明しておるのだ。つまり、人間はどの創造物よりも道徳的には劣っている、なぜなら、彼らには悪いことをすることができないからだ。わしは確信しておるが、この主張を誰も攻撃することはできん、と思うよ。

自由意志

若者　あなたのお考えはどんなものですか、「自由意志」についてですが？

老人　そんなものはない、という考えだな。例の男は、そんなものを持っていたかね？　ほら、老婆に自分の最後の金をやって、吹雪のなかをトボトボと帰っていったあの男。

若者　あの人は、ちゃんと選択をしましたよ、老婆を救けるか置き去りにして苦しむにまかせておくか、そのどちらかのね。そうじゃありませんか？

老人　そうだ、しなければならぬ選択があった。一方においては肉体的快適さと、もう一方においては精神の安らぎとの間にな。肉体のほうが強く訴えたのは、もちろんだ——肉体だったら、きっとそんな訴えをするだろうからな。そして、精神のほうも反対の訴えをした。選択が、この二つの訴えの間でされなければならなかった。そして実際に、された。じゃあいったい誰が、あるいは何が、あの選択を決定したのかね？

若者　あなた以外の人なら誰でもこう言うでしょう。その男が、それを決定した。そして、それをするに当たって、彼は「自由意志」を行使したのだと。

老人　われわれはいつも確信している。人間は誰でも「自由意志」を授けられている、とな。そして、それを使うことができるし、使うに違いない、とな。善行と、それより少し程度の落ちる善行との間で、どちらかを選択しなければならなくなったときにもだ。それなのに、われわれがハッキリと見たのは、例の男の場合、彼は実際「自由意志」など少しももっていなかった、ということだ。つまり、彼の気性とか、彼の鍛錬とか、毎日の影響力とか、そしてこの影響力こそ彼を形成し、彼をあの時の彼にしたものだったのだが、そういったものが、彼を**強制して**あの老婆を助けさせ、同じように、**自分自身**も救わせたのだ——つまり、自分自身を精神的苦痛から、耐えがたい惨めな思いから、救わせたのだ。彼は選択はしなかった。彼の**ために選択**してくれたのは、力だった。彼にはコントロールすることのできない力だったのだ。「自由意志」は、昔から言葉の中ではいつも存在している。しかしそれはそこ止まりなのだ、とわしは思う——**事実**にまではとてもなれんのだよ。わしはそんな言葉は使いたくないね——へん、「自由意志」だなんて——ほかの言葉なら使ってもいいがね。

若者　どんな言葉ですか？

老人　「自由選択」だな。

若者　どう違うのですか？

老人　一方は、拘束されない力のことで、自分の好きなように**行動**することができるものだ。もう一方は、単なる**心の成り行き**にしかすぎず、それ以上の何ものでもない。つまり、批判的な能力であって、二つの事柄のうちでどちらがより正当に近いかを、決めるものなのだ。

若者　どうか、その違いをもっとハッキリさせてください。

老人　心は、正当なものを自由に選び、選択し、指摘することができる――心の働きは、そこで終わりだ。この問題ではそれ以上に進むことはできない。心にはこんなことを言う権限はないのだ。正しいことは行なわなくてはいけない、悪いことはやめなければいけない、などと言う権限はな。その権限は、ほかのものの手にあるのだ。

若者　あの男の手に、ですか？

老人　いや、機械のなかだよ、彼の代わりをしている機械だ。つまり、生まれつきの気質のなかや、その気質のまわりに鍛錬や環境によってつくられた性格のなかにあるのだ。

若者　でも、その機械は、二つのうちの正しいほうに従って行動するはずでしょう？

老人　事柄いかんで、自分の好きなように行動するはずだ。ジョージ・ワシントンの機械なら、正しいほうに従って行動するだろう。またピサロ［一四七五？―一五四一。スペインの探検家。インカ帝国を滅ぼした」も彼の心のほうならば、どちらが善でどちらが悪なのか分かるはずだが、彼の心の内にいる「主人」のほうは、悪に従って行動するはずなのだ。

若者　それじゃ、ぼくはこう理解したのですが、悪い人間の思考機械は冷静にそして公正に指摘する、ということなのですね、二つの事柄のうちでどちらが正当なのか、という——

老人　そうだ。そして彼の**道徳的**機械は善でも悪でもどちらにでも従って自由に動く。その作りに応じてな。その問題に関して**心が持つ**感情などにはまったく無関心なのだ——つまり、無関心になる**はずなのだ**、もし心が感情などというものを持つとしたならな。だが、そんなものは持っていないのさ。心は温度計にすぎないのだ。暑さ寒さを示すだけで、暑かろうが寒かろうが、どっちだって少しもかまわないのだ。

若者　それじゃ、われわれは主張できないわけですね、つまり、ある人間が二つの事柄のうちでどちらが正しいかを**知っている**としたら、彼は絶対にその正しいことをする**義務がある**のだ、などとは？

老人　彼の気質と鍛錬とが、彼のなすべきことを決定するはずだ。そして彼はそれをするはずだ。そうせざるを得ないのだ。その事柄を左右する権限など何も持ってはいないのだ。あれは正しいことではなかったのかな、ダヴィデが出かけて行って、ゴリアテを殺したのは？〔「サムエル記」上、一七―四参照〕

若者　いいえ、正しいことでした。

老人　それじゃ、ほかの誰にだって同じように正しかったはずだね、それをすることは？

若者　もちろんです。

老人　それじゃ、生まれながらの臆病者にだって正しかったはずだね、それをしようと試みることは？

若者　そのはずです――そうです。

老人　きみは知っているね、生まれながらの臆病者は、絶対にそれをしようと試みたはずがない、ということを、そうじゃろう？

若者　知っています。

老人　きみは知っているね、生まれながらの臆病者の作りと気質とは、絶対的な越えることのできない障害となって、彼が万一そのような行為を試みようとしてもできるはずがないということを、そうじゃろう？

若者　ええ、知っています。

老人　彼は明らかに気がついているね、その行為を試みることは正しいはずだ、と？

若者　ええ。

老人　彼の心は「自由選択権」を持っていて決意することができるね、その行為を試みることが正しいはずだ、と？

若者　ええ。

老人　それじゃ、生まれながらの臆病さが理由で、彼が単にその行為を試みることができないとするなら、彼の「自由意志」はどうなる？　彼の「自由意志」はどこにあるのだい？　なぜ主張できるかね、彼は「自由意志」を持っているなぞとな？　明白な事実からも分かるように彼はそんなもの初めから持っていないのだよ。なぜ主張できるのかね、彼もダヴィデも正しいことは同じように分かるのだから、両者とも同じように行動するにちがいない、なぞと？　なぜ同じ法則を押しつけることができるのかね、山羊とライオンに？

若者　「自由意志」などというものは、本当はないのですね？

老人　と、わしは思うのだ。「意志」というものはある。だが、それは善悪についての知的理解力とは関係ないのだ。それにその力の指揮下には入っていないのだ。ダヴィデの気質と鍛錬とは「意志」を持っていた。その「意志」が強制的な力となったのだ。ダヴィデはその命令に従わねばならなかった。選択の余地はなかったのだ。臆病者の気質と鍛錬も「意志」を持っている。そして、その「意志」も強制力を持っている。それが彼に命令して、危険を避けろと言うのだ。そして、彼はそれに従う。選択の余地はないのだ。しかしダヴィデのような人間にしろ、この臆病者のような人間にしろ、どちらも「自由意志」などは持ってはいない――善を行なうこともできるし、悪を行なうこともできる、心の評決がきめるままなどという意志は持っていないのだ。

二つの価値ではなく、ただ一つの価値

若者　一つだけ、まだ、ひっかかる問題があります。つまり、ぼくには分からないのですが、物質的な欲望と精神的な欲望とを区別する境界線を、あなたはどこに引いておられるのか、という問題ですが。

老人　わしは何も引いておらんよ。

若者　それ、どういう意味ですか？

老人　**物質的な**欲望だなんて、そんなものはないのだ。欲望というのは、みんな精神的なものだよ。

若者　願望や、欲望や、野心などは**みんな**、**精神的な**もので、けっして物質的なものではないのですね？

老人　そう。きみの内部にある「主人」が要求しているのだ、**あらゆる**場合に、オレの**精神**を満足させろ——精神だけを、とな。ほかのものは決して何も要求しない、ほかの問題には決して関心をもたないのだ。

若者　えっ、まさか！　その「主人」が誰かの金をむやみに欲しがるとしたら——それはどちらかと言えば明らかに物質的で、実に不愉快な行為ではないのですか？

老人　いいや、そうではない。金は単なるシンボルにしかすぎない——それは目にみえる具体的な形で、**精神的な**欲望を示しているのだ。そして、きみが欲しがるいわゆる物質的なものは、単なるシンボルでしかないのだ。きみがそれを望むのは**そのもの**のためではなく、それがその瞬間に、きみの精神を満足させてくれるはずだからなのだ。

若者　どうか、もう少し詳しく話してください。

老人　いいとも。今かりに、きみがいちばん欲しいものは、新しい帽子だったとしよう。それをきみが手に入れる。すると、きみの虚栄心はみたされ、心は満足する。ところが、きみの友人たちがその帽子をバカにして、それをからかうとする。そうすると、すぐにその帽子の価値はなくなってしまう。きみはその帽子が恥ずかしくなって、どこか自分の目につかない所にしまい込み、もう二度と見たいとは思わなくなる。

若者　ああ、なるほど。で、その先は？

老人　それは前と同じ帽子だったね？　少しも変わってなどいないね。しかし、それは、きみが前に欲しがっていたその帽子ではなかった。それが表わしていたものにすぎなかった——つまり、きみの**心**を喜ばせ、満足させてくれるものにしかすぎなかった。だから、その帽子がそれをしてくれなくなったとき、その帽子の価値はすべてなくなってしまったのだ。**物質的な**価値なんて何んにもないのさ。あるのは精神的な価値だけだ。きみはムダに物質的な価値を求めるだけなのだ。**実際的な、本当の**物質的な価値をな——だがそんなものはないのだ。帽子がもったただ一つの価値というのは、たとえほんの一瞬の間でもだが、それは、その帽子の背後に隠れている精神的な価値なのだ。それを取りのけたら、帽子はたちどころに価値のないものになってしまう——さっきの帽子のようにな。

若者　そのことはお金についても言えますか？

老人　言えるね。それは単なるシンボルでしかなく、**物質的な**価値なぞ何もない。きみがその金を欲しがるのはその金そのもののためだと思っているが、そうではない。きみが金を欲しがるのは、それがもたらしてくれるはずの精神的な満足のためだ。だから、もし金がそうしてくれなければ、その価値がなくなってしまったことに気がつく。ここに、ある男の実に悲惨な話がある。その男は奴隷のように働いた。体を休ませることもなく、心を満たすこともなしに働きつづけ、ついに一財産をつくりあげた。そして、それを喜び、歓声をあげていた。だがやがて、ほんの一週間しかたたぬうちに、伝染病が襲って、この男が大切にしていた人たちを一人残らず奪い去り、彼をまったくの孤独の身にしてしまった。せっかくの金もその価値がなくなってしまった。そこで彼は初めて気がついた。金に対する自分の喜びは、金そのものから来たのではなく、精神的な満足から来たもので、その満足は、自分が家族の者たちの喜びから得たものであって、家族の者たちの喜びも、それは金が彼らに惜しみなく与える喜びや楽しみに対する喜びなのだ、と気がついたのだ。金は**物質的な**価値など何ももってはいない。もしきみが金の精神的価値を取りのぞいたなら、後には何も残らずただカスだけになってしまうのだ。それは、すべてのものがそうなのだ。小さなものも大きなものも、堂々たるものも、取るに足りぬものもだ――例外など一つもない。王冠も、王笏も、ペニー銅貨も、人造宝石も、村での悪評も、世界的な名声も――これらのものは、みんな同じものなのだ。**物質的な**価値など何もない。これらのものが**心**を満足させてくれるうちは、これらのものも貴重だが、満足させてくれなければ、何の価値もないのだ。

難問

若者　あなたは、このところずっと、ぼくの頭を混乱させ当惑させています。それは、あなたが分かりにくい特殊用語を使っているからです。ときどき、あなたは一人の人間を二つか三つの別々の人格に分けます。そして、それぞれに、それ独自の権威や権限や責任をもたせています。だから、その人間がそうした条件の中にいるとき、ぼくはその人間を把握することができません。いいですか、**ぼくが**人間について語るとき、その人間は、**すべてのものが一つになったもの**なのです。だから、理解するにも考えるにも簡単です。

老人　そりゃあ愉快なことだし便利なことだ、もしそれが本当ならばな。ところで、きみが「ぼくの肉体」と言う場合、「ぼくの」とは誰のことだね？

若者　そりゃあ、「ぼく」ですよ。

老人　じゃあ、肉体は所有物だ。そして「ぼく」がそれを所有しているわけだ。で、「ぼく」というのは、誰かね？

若者　「ぼく」というのは、**すべてのもの**のことです。それは共通の所有物です。分割することのできない所有権であり、本体全体に与えられているものです。

老人　もし「ぼく」が虹を見てすばらしいと思ったら、それをすばらしいと思うのは、「ぼく」の全体なのかね、そしてその中には毛髪や、手や、踵(かかと)などもすべて含むのかね？

若者　とんでもない。ぼくの**心**ですよ、すばらしいと思うのは。

老人　じゃあ、**きみ**だって、自分で「ぼく」を分けているのだ。誰だってそうしているのだ。誰だってそうせざるを得ないのだ。それではだよ、ハッキリ言って、「ぼく」というのは何なのかね？

若者　ぼくの考えでは、それはあの二つの部分から成り立っているものに違いないと思います――つまり、体と心です。

老人　そう思うのだね？　では、もしきみが「わたしは、世界は円いと信じている」と言ったら、そう話しているときの「わたし」とは、誰なのだね？

若者　心です。

老人　それじゃ、もしきみが「わたしは父の死を悼んでいます」と言ったら、その「わたし」とは、誰なのだね？

若者　心です。

老人　心は知的な機能を働かせているのかね、その心が、世界は円いという証拠を検討して、それを受け入れるときには？

若者　そうです。

老人　心は知的な機能を働かせているのかね、その心がお父さんの死を悼むときも？

若者　いいえ。それは大脳の作用ではありません、頭脳の働きではなく、感情の問題です。

老人　それなら、その源はきみの心の中にあるのではなく、きみの道徳的な領域の中にあることになるね？

若者　そう認めざるを得ませんね。

老人　きみの心は、きみの肉体の装置の一部なのかね？
若者　いいえ。それは、そうした装置からは独立しているものです。精神的なものです。
老人　精神的なものなら、肉体の影響によって左右されるはずはないね？
若者　ええ、ありません。
老人　心はシラフでいるかね、肉体が酔っぱらっているときでも？
若者　さあ——シラフではいませんね。
老人　肉体的な影響が実際に存在するのだね、そういうときには？
若者　ええ、するようです。
老人　頭蓋骨(ずがいこつ)が割れたために気が狂ってしまったとする。どうして、そんなことが起こり得るのだろう、もし心が精神的なものであって、おまけに肉体的な影響からは独立しているのだったら？
若者　さあ——分かりません。
老人　きみが足に痛みをもったとき、きみはどうやって、それを知るかね？
若者　それを感じるからです。
老人　だが、きみがそれを感じるのは、神経がその痛みを頭脳に伝えてからあとだ。

それなのに、頭脳は心が宿る場所だというわけだね、そうではないのかな？

若　者　そうだと思います。

老人　だが、かなり精神的なものじゃないのかね、身体の端の方で何が起こっているのかを肉体という使者の助けもかりずに知るのだから？　きみにも分かったはずだが、「わたし」とは誰であるか、あるいは何であるかという問題は、決して簡単な問題ではない。きみが「『ぼく』は虹はすばらしいと思う」とか、「『ぼく』は世界は円いと信じている」とか言ったとする。そのような場合、われわれが分かるのは、「わたし」のすべてがそう話しているわけではなく、精神的な部分だけが話しているにすぎない、ということだ。「わたしは悼みます」と言ったとする。その場合もまた、「ぼく」のすべてがそう話しているわけではなく、道徳的な部分だけが話しているにすぎないのだ。きみは、心こそが精神的なものの全体だ、と言っている。そのあとで、こう言っているのだ。「わたしは痛みをもっている」とな。そしてこの場合、きみにも分かるだろうが、「ぼく」というのは知的なものと精神的なものとが一緒になったものなのだ。われわれ人間はみんな、「わたし」という言葉を、このようにアイマイな使い方で使っているのだ。なんとも仕方のないことなのだ。われわれは、「主人でもありまた王様」でもある者がきみの言う「全体のもの」のうえに君臨していると想定し、その者を「わたし」と呼んでいる。しかし、いざその者の意味をハッキリさせようとすると、われわれにはそれができないことを知るのだ。知性と感情とは、たがいにまったく**独立して**働くことができる。われわれはそのことを認めている。だから、われわれは一人の「支配者」をさがし求めるのだ。なぜなら、この支配者がその両方の主人となって、**決定的で議論の余地のない**、「わたし」として働くことができるからだ。そして、われわれに知ることを可能にしてくれるからだ、われわれが何を意味し、誰あるいは何について話をしているのかということをな、われわれがその代名詞を使うときに、だ。だが、われわれは、それを諦(あきら)め、「支配者」など見つけることができないと告白しなければならない。わしにとって、「人間」とは機械なのだ。多くのメカニズムからできている機械なのだ。そしてその道徳的、知的機械は自動的に作動して内なる「主人」の衝動に従うのだ。そしてその内なる「主人」こそ、生まれつきの気質や、数えきれない外部からの影響力や鍛錬などの蓄積によって作られるものなのだ。人間という機械の**一つの**機能は、その「主人」の精神的な満足を保証することなのだ。たとえ「主人」の欲望が善いものであろうと、悪いものであろうとな。人間という機械の「意志」は絶対であり、それには従わねばならないし、**事実**いつでも従っているのだ。

若者　それじゃ、「ぼく」というのは「魂」のことかも知れませんね？

老人　そうかも知れん。だが「魂」とは何かね？

若者　分かりません。

老人　ほかの誰にだって分からないさ。

君主的な激情

若者　「主人」というのは何ですか？——あるいは、一般の言い方をすれば、それは「良心」ということになるのでしょうけれど？　説明してください。

老人　それは、あの不思議な独裁君主のことだ。人間の中に君臨している奴だ。こいつはその人間に無理やり命令して、自分の欲望を満足させようとする。だから「君主的激情」と呼んでもいいだろう——つまり、「自己満足」への渇望だな。

若者　その王座は、どこにあるのですか？

老人　人間の道徳的気質のなかだよ。

若者　その命令は、その人間の善のためなのですか？

老 人 人間の善とは無関係だ。何ものにも関心を寄せず、ただひたすら自分自身の欲望を満足させようとするのだ。こいつを鍛錬して、人間の善のためになるようなことを好むようにさせることは、できる。しかし、こいつがそういうことを好むのは、ただ、ほかのことよりも**そいつ**をよりいっそう満足させてくれるからにすぎないのだ。

若 者 それじゃ、たとえそいつが鍛錬を受けて高い理想を持つようになっても、そいつが依然として探し求めるのは、自己満足であって、人間の善ではない、のですね？

老 人 そのとおり。鍛錬を受けようが受けまいが、そいつは人間の善のことなどまったく気にかけない。そして絶対に関心を寄せはしないのだ。

若 者 なんだか、**非道徳的な**力のようですね。そしてそれが、人間の道徳的気質のなかに居座っているのですね？

老 人 **色のついてない**力だよ。そしてそれが人間の道徳的気質のなかに居座っているのだ。それを本能と呼ぶことにしよう——やみくもで、道理をわきまえぬ本能だ。だから、それは善い道徳と悪い道徳との区別をつけることもできないし、区別もしない。そして、人間が結果としてどうなろうと気にもかけないのだ、自分の満足さえ保証されればな。それはいつだって、満足を得ようとしているのだ。

若者　そしてお金を求めるのです。恐らくこう考えているのでしょう、お金は人間にとって有利なものだと？

老人　それはいつも金を求めているのではない。いつも権力や、地位や、そのほかの物質的な利益ばかりを求めているのではない。あらゆる場合、精神的な満足を求めるのだ。たとえその手段がどんなものであろうともな。その欲望は、人間の気質によって決まる——そして、その気質が欲望の支配者となっているのだ。「気質」、「良心」、「感受性」、「精神的欲求」、そういったものは、実際には同じものだ。きみは、こんな人間のことを聞いたことがあるかね、金にまったく無関心だという人間のことを？

若者　ええ、あります。どこかの学者です。その人はどうしても自分の屋根裏部屋と蔵書から離れようとはしませんでした。ある商社でしかるべき地位を与えられ、かなりいい給料がもらえたはずだったのですが。

老人　その学者も、満足させなければいけなかったのだ、自分の主人を——つまり、自分の気質、自分の「精神的欲求」をな——そしてその主人は、書物のほうが金よりもいいと言ったのだ。ほかの例はあるかね？

若者　あります。隠者です。

老人　それはいい例だ。隠者は孤独や、飢えや、寒さや、種々の危険に耐えて、自分の独裁君主を満足させようとする。なぜならその君主は、そういった修行や、祈りや、瞑想のほうが金よりも、あるいはその金で買うことのできる見栄や贅沢よりもいいと言ったからだ。ほかに例はあるかね？

若者　あります。画家や、詩人や、科学者です。

老人　彼らの独裁君主も、そういった仕事から得られる深い喜びのほうが、報酬のよしあしに関係なく、市場でのほかのどんな仕事よりもいいと言うのだ。たとえどんな犠牲を払ってもな。これで、きみにも分かったろう？「君主的激情」──つまり精神の満足のことだが──それは多くのものに関心を持っているということがな。いわゆる物質的利益とか、物質的繁栄とか、現金とか、そのほかそういったすべてのものとは別にだ。

若者　ええ、それは、認めなくてはいけないと思います。

老人　そうだ、認めなくてはいかん。そして、おそらく多くの「気質」があるはずだ。公務の重荷や、悩みや、栄誉を拒否したいと思うような気質がな。そういったものを渇望する気質があるのと同じくらいの数でだ。一方の「気質」は精神の満足を、そしてただそれだけを、求める。そして、これはまさにもう一方の気質の場合も同じなのだ。両者とも、精神の満足のほかには何も求めてはいない。もし一方が卑劣だとすれば、両者とも卑劣なのだ。しかも同程度に卑劣なのだ。なぜなら、もくろんでいる目的は、どちらの場合もまったく同じだからだ。どちらの場合でも、「気質」が好みを決定する――そして「気質」は生まれながらのものであって、作られるものではないのだからな。

結論

老人　休暇でもとっていたんだな？

若者　ええ。一週間ほど山歩きをしてきました。あのう、よろしいでしょうか、話をはじめても？

老人　ああいいとも。どんな話からにするね？

若者　そうですね、ぼく、ベッドに身を横たえて疲れをとっていました。二日二晩ほどです。そのあいだに、ぼくはあなたとのお話しを一つ残らずじっくりと考えました。そして慎重に検討してみました。それで、こんな結果になりました。つまり……つまり……あなたは、「人間」についてのお考えを、いつか本にでもなさるおつもりでしょうか？

老人　ときどきなんだがね、この二〇年の間、わしの内部の「主人」が半ばその気になってわしに命令し、オマエの考えを本にして出版しろ、などと言いかけておるのだ。話す必要があるかね、どうしてその命令が命令としてくだされないままになっているのか、という理由を。それとも、こんな簡単なことは、きみのほうで説明できるかな、わしの扶け（たす）など借りずに？

若者　あなたの教義によれば、それは簡単そのものですよ。つまり、外部からの影響力があなたの内なる「主人」を動かして、命令を出させようとした、しかし、それよりももっと強い外部からの影響力が内なる「主人」に思いとどまらせた、ということでしょう。外部からの影響力がなければ、こうした衝動はどちらも、絶対に生まれるはずがなかったのです。なぜなら人間の頭脳は、それ自身のなかに考えを生み出すことなどできないからです。

老人　そのとおり。で、先をつづけたまえ。

若者　出版するとか、さし控えるとかの問題は、依然としてあなたの「主人」の手に握られています。もし、いつか、外部からの影響力が彼に決心させて出版しようということになったら、彼は出版の命令を出すはずです。そして、その命令はそのとおり実行されるはずです。

老　人　そのとおりだ。それで？

若　者　考えた結果、ぼくはこんなふうに確信しました。つまり、あなたの教義を出版したら、それはきっと世間に害毒を流すことになる。すみません、こんなことを言って。お赦(ゆる)しくださいますか？

老　人　きみを赦すかだって？　きみは何もしていないのだよ。きみは楽器なのだ——話しをするラッパなのだ。話しをするラッパには、そのラッパをとおして話される内容については責任なぞない。外部からの影響力が——つまり、生涯にわたっての教育や、鍛錬や、観念や、偏見や、そのほか受け売りの輸入品、といったような形をとった影響力が——きみの内部の「主人」に確信させてきたのだ。そういう教義を出版したら、それはきっと世間に害毒を流すことになる、とな。いいだろう。それはきわめて自然なことだ。それに、初めから分かっていたことだ。事実、避けることのできないことだったんだよ。さあ、話しをつづけたまえ。気を楽にして、話しがしやすくなるように、習慣に従うがいいよ。つまり自分のこととして話すんだ。そして、きみの「主人」はそのことについてどう考えているか、それを話してくれたまえ。

若　者　では始めますが、それは人を惨めにする教義です。人を鼓舞したり、熱狂させたり、高揚させたりするものではありません。人間から、栄光を奪い取ります。人間から、誇りを奪い取ります。人間から、英雄的精神を奪い取ります。人間に対するあらゆるその本体の栄誉や、あらゆる称賛を、否定します。人間をただの機械におとしめるだけでなく、その機械をコントロールする力も、認めないのです。人間を単なるコーヒーミルにし、人間がコーヒー豆を足すことを許しもせず、ハンドルを回すことも許しません。なぜなら、人間の唯一の、痛ましいほど慎ましやかな機能は、コーヒー豆を粗く挽いたりあるいは細かく挽いたりするだけで、それはその人間の作りによって違うだけのことで、ほかのことは全部、外部からの衝動がやるからなのです。

老　人　まったく、きみの言うとおりだ。そこで質問だが——人間は何をいちばん素晴らしいと思うかね、おたがいの中で？

若　者　そりゃあ知性とか、勇気とか、体が堂々としていることとか、顔つきが美しいこととか、慈善心とか、慈悲心とか、度量の大きいこととか、親切とか、英雄的行為とか、それに——それに——

老　人　わしだったら、もうその先には進まんな。そういったものは、基本的なものなのだ。美徳、剛勇、高潔、誠実、忠誠、高い理想——こういったものはな。それに関連する資質で辞書にもその名がのっているものはすべて、**この基本的なものから作られているのだ**。そういう基本的なものを混ぜたり、組み合わせたり、濃淡をつけたりしてな。ちょうど、緑色を作るのに青色と黄色を混ぜるのと同じだし、赤色のさまざまな濃淡や色合いを作るのに原色の赤色をいろいろと加減するのと同じなのだ。基本の色は七つある。その七色はすべて虹のなかにある。その七色から、われわれは五〇もの濃淡をもつ色を作り出し、それに名をつけている。きみはいま、人間という虹の、基本的な色についてその名をあげただけなのだ。それにまた一つのブレンドをな——つまりヒロイズムだ。なぜなら、これは勇気と大きな度量からできているものだからだ。それはそれでよろしい。こうした基本的なもののうちのどれを、その所有者は自分で作るのかね？　知性かね？

若者　いいえ。

老人　なぜ？

若者　それは生まれつき、もっているものだからです。

老人　じゃあ、勇気かね？

若者　いいえ。それも生まれつき、もっているものです。

老人　それじゃ、体が堂々としていることや、顔つきが美しいことなのかね？

若者　いいえ。それらは生まれたときから授かっている特権です。

老人　じゃあ、ほかのものを例にとろう――基本的な道徳的特性だ――つまり、慈善心とか、慈悲心とか、雅量とか、親切心といったものだ。こうしたものは、実り豊かな果実を生む種であって、その種から芽を出すものは、栽培という外部からの影響力によるものだが、種々の混合や組み合わせの美徳で、すべて辞書にのっている。人間はそういう種の一つでも作り出せるのかね、それとも、そうした種はすべて生まれたときから人間に授かっているものなのかね？

若者　生まれたときから授かっているものです。

老人　では、いったい誰がそういったものを作り出すのかね？

若者　神です。

老人　その名誉はどこに帰属するのかね？

若者　神に、です。

老人　そして、きみが言ったあの栄誉は、それにあの称賛は？

若者　神に、です。

老人　それじゃあ、きみなんだよ、人間の品位を落とす犯人はね。きみが人間に要求させているのだ、栄誉や称賛や追従をね、人間の持っているあらゆる価値あるものに対してな――だが、そんなものは、すべて借りてきた派手な衣装にしか過ぎないのだ。その衣装全部がだ。その端切れ一枚だって自分で稼いで手に入れたものではない。その糸の一本だって自分の労働で作ったものではないのだ。きみが人間をペテン師にしているのだ。わしはそれ以上にひどいことをしたかね、人間にたいして？

若者　人間を機械にしてしまったじゃありませんか。

老人　いったい誰があんな巧妙で美しい機械を考え出したのかな、人間の手などというものを？

若者　神です。

老人　いったい誰があの法則を考え出したのかな。その法則があればこそ、その手は自動的にピアノから精巧な音楽を間違い一つ犯さずに弾き出すことができるわけだがね、たとえ演奏者が何かほかのことを考えたり、友人に話しかけたりしている間にもだが？

若者　神です。

老人　いったい誰が血液を作り出したのかな？　いったい誰があのすばらしい機械を考え出したのかな、あの新しい血液と取り換え、再び元気を回復させる流れを全身に昼も夜も自動的に送り出す機械を、人間からの扶けや助言もなしに？　いったい誰が人間の心を考え出したのかな、その機械は自動的に働き、自分が好むものなら何でもそれに興味をいだき、人間の意志や欲望などには関係なく、気がむけば一晩じゅう働きつづけ、人間が少しは休んでくれと言ってもそれには全く耳をかさぬような？　神こそが、こういったすべてのものを考え出したのだ。わしが人間を機械にしたのではなく、神が人間を機械にしたのだ。わしはただその事実に対して注意を促しているだけで、それ以上のことは何もしていないのだ。事実に注意を促すこと、それは間違いなのかね？　それは犯罪なのかね？

若者　ぼくの考えでは、事実を暴くことは間違いだと思います、そのことから害が生じ得るようなときには。

老人　それで？

若者　問題を今あるがままに見てください。人間はこれまでに教えられてきました、人間は「天地創造」のなかで最高の奇跡であると。人間はそれを信じています。いつの時代にも人間はそれを疑ったことはありません。自分たちが素っ裸の未開人であろうと、紫色の上等なリンネルの服をきた文明人であろうと、そんなことには関係ありませんでした。そのおかげで人間の心はウキウキし、生活も楽しいものでした。自分自身にたいする誇り、自分自身にたいする心からの称賛、自分自身の業績であって誰の扶けもかりずになしとげたと思い込んでいるものにたいする喜び、その業績が喚び起こす称賛と喝采にたいする歓喜——これらのものが人間をさらに高揚させ、熱狂させ、野心を起こさせ、もっともっと高いところまで飛翔させようとしてきたのです。ひとことで言えば、人間の一生を生きるに値するものにしたのです。しかし、あなたの陰謀によれば、これらすべてが廃棄されます。人間はその品位を堕されて機械になるのです。人間は何者でもなくなるのです。その気高い誇りもしおれて単なる虚栄心になるのです。たとえどんなに努力しても、人間は少しもよくならず、もっとも卑しい、もっとも愚かな隣人と、いつまでたっても同じなのです。そうであるなら、人間は二度と陽気にはなれないでしょう。その一生も生きるに値しないものになってしまうでしょう。

老人　きみは、本気でそう思っているのだな？

若者　もちろん、そうです。

老人　じゃあ、わしが不機嫌で不幸なところを、きみは見たことがあるかね？

若者　いいえ。

老人　よろしい。わしは、そうしたものを信じておるのだ。どうしてそれらのものが、わしを不幸にさせずにきたのかね？

若者 それは、つまり――気質のせいですよ、もちろん！ あなたは、それがご自分の陰謀から逃げ出すのをだまって見てはいませんからね。

老人 そのとおり。もし人間が生まれながらに不幸な気質をもっていたら、なにごともその人間を幸せにさせることはできない。反対に、もし人間が生まれながらに幸せな気質をもっていたら、なにごともその人間を不幸にさせることはできないのだ。

若者 なんですって――品位をさげるような、心を凍らせるようなシステムの信仰でさえも、それができないのですか？

老人 信仰がかね？ 単なる信仰がかね？ 単なる信念がかね？ そんなものは何の力もないのだ。いくら闘ったって、生まれたときからもっている気質を相手にしたら、何の効果もないのだ。

若者 そんなことは信じられません。だから、ぼくは信じません。

老人 やけに急いで話しをするね。どうやら、きみは事実というものを慎重に検討したことがないようだな。きみの親しい友人すべてのなかで、誰がいちばん幸せかね？ バージェスじゃないかい？

若者　たぶん、そうでしょう。
老人　そして、いちばん不幸な人間は誰かね？　ヘンリー・アダムズ［これを著名なアメリカの歴史家と見る学者もいるが、必ずしもそうは特定できない］かね？
若者　もちろんです！
老人　わしはその二人をよく知っている。二人とも極端で、並外れた人間だ。たがいの気質も正反対、まるで北極と南極だ。二人の人生の歴史はほとんど同じだ――だが、結果を見てごらん！　二人の年齢もほとんど同じだ――五〇くらいというところだ。バージェスは昔からいつも陽気で、希望にみち、幸福だ。アダムズは昔からいつも不機嫌で、希望がなく、意気消沈している。若い頃、二人とも地方ジャーナリズムに手を出した――そして失敗した。バージェスはそれを苦にする様子も見せなかった。アダムズは微笑(ほほえ)むこともできなかった。ただ、起こってしまったことを嘆き悲しみ、うめき声をあげるばかりだった。そして、虚(むな)しい後悔の念を抱きながら自分を責め、ああする代わりにこうすればよかった――**そうしていたら**成功していたはずだ、などとこぼしていた。それから、二人は法律に手を出した――そして失敗した。バージェスは相変わらず幸福だった――というのも、彼はそれを避けることができなかったからだ。アダムズのほうは惨めだった――というのも、彼はそれを避けることができなかったからだ。その日から今日まで、この二人はいろいろなことに手を出しては、失敗をくりかえしている。バージェスはそのたびにいつも幸福で陽気に立ち直っている。アダムズのほうはその正反対だ。さてここで、われわれにはハッキリと分かるのだが、この二人の生まれながらの気質は、彼らの物質的な問題の移り変わり全体をとおして、少しも変わらずにいた、ということだ。で、二人の非物質的な問題のほうではどうだったか、見てみよう。二人とも熱心な民主党員だったことがある。二人とも熱心な共和党員だったこともある。二人とも熱心な反共和党員だったこともある。だが、バージェスはいつも幸福を見つけ、アダムズは不幸を見つけていた、そうしたいくつかの政治信条を抱くたびに、また、その信条から次の信条に移るたびにな。こうした人間は二人とも、長老派教会の信者にも、万人救済派の信者にも、メソジスト派の信者にも、カトリック教徒にもなったことがある——そしてまた長老派教会の信者にもどり、それからまたメソジスト派の信者にもどった。バージェスはこうした宗教上の遍歴をするたびに、いつもそこに安らぎを見いだしていた。そしてアダムズは不安をだ。二人はいま、クリスチャン・サイエンス派に入信しようとしているが、結果はいつもどおりのものだ。おきまりのものなのだ。いかなる政治的信条も、あるいは宗教的信条も、バージェスを不幸にすることはできないし、アダムズを幸福にすることはできない。わしは自信をもって言うが、それは純然たる気質の問題なのだ。信条は習得したものであって、気質は**生まれたときからもっているもの**なのだ。信条は変わることがあるが、気質は、何をもってしても、それを変えることはできないのだ。

若者　あなたがあげた例は、どちらも極端な気質じゃありませんか。

老人　そうだ。ほかの六つの気質だってこの極端なものの修正だ。だが、法則は同じだ。気質が三分の二程度に幸福だとか、あるいは三分の二程度に不幸な場合、いかなる政治的な信条もあるいは宗教的な信条も、その比率を変えることはできない。大多数の気質は、きわめて均等にバランスがとれている。強烈なものは一つもない。だから、そのおかげで国民は自分自身をその国の政治的環境や宗教的環境に適応することを学び得るのだ。そして、その環境を好み、その環境に満足し、ついにはそうした環境のほうが他のものよりいいなどと言い出すのだ。国民は**考える**ことをしない。ただ**感じる**だけだ。その感情もセコンドハンドで得るのだ——つまり自分たちの気質を通してであって、頭脳を通してではないのだ。国民を動かすことのできるもの——それは環境の力であって、議論などではないのだから——**どんな種類の政治や宗教にも、考え出すことのできるどんな種類の政治や宗教にも**、甘んじさせることができるのだ。そのうちに、その国民は、要求される条件に自分たちを適合させるようになるはずだ。その後は、そうした条件のほうが、ほかのものよりいいと言い出すはずだ。激しく闘ってそれを獲得しようとするはずだ。そうした例として、きみたちはみな歴史をもっている。ギリシア人もそうだし、ローマ人も、ペルシア人も、エジプト人も、ロシア人も、ドイツ人も、フランス人も、イギリス人も、スペイン人も、アメリカ人も、南米人も、日本人も、中国人も、インド人も、トルコ人もだ――無数の激しい宗教や穏やかな宗教、考えうる限りのあらゆる種類の政治、トラから家ネコに至るまでだ。そしてそれぞれの国民が知っているのだ。自分たちこそ唯一の本当の宗教をもっている、唯一の健全な政治体制をもっている、とな。そして、それぞれの国民が、ほかのすべての国民を軽蔑している。それぞれの国民が愚か者であるのに、そのことを感づいてもいない。それぞれの国民が勝手に自分たちがいちばん偉いとうぬぼれている。それぞれの国民が、自分たちこそ神の寵愛(ちょうあい)物だと頭から信じ込んでいる。それぞれの国民が、露ほども疑わぬ確信を抱いて、神に祈り、戦時には自分たちの指揮をとってくれと頼む。それぞれの国民が驚くのは、神が敵側についてしまうときだ。しかし、習慣から、それに言い訳をつけて、またお世辞を言いはじめる――ひとことで言えば、全人類は満足しているのだ。いつも満足している。あくまでも満足しているのだ。永遠不滅の勢いで満足して、幸福感にひたり、感謝の気持ちにあふれ、誇りに思っているのだ。**たとえ人類の宗教が何であろうとそんなことには関係なく、たとえ人類の主人がトラだろうと家ネコであろうとそんなことには関係ない。**どうだ、わしは事実を述べていないだろうか？　述べているということは、きみにも分かるはずだ。人類は陽気かね？　陽気だということは、きみにも分かっているはずだ。人類が何に耐えられ、しかも幸福でいられるかということを考えれば、きみはわしに過分の敬意をはらっているのだ、わしが人類の目の前に明白な冷たい事実のシステムを置くことができると、きみが考えるときにな。なぜならその事実は人類の陽気さを人類から奪い去ることができるからだ。そんなことをすることのできるものは、何ひとつない。あらゆるものがこれまで試されてきた。だが、成功したことは一度もないのだ。だから、どうか心配なぞしないでくれたまえ。

終わり

——今回の翻訳にあたって使用した参考文献：What Is Man? And Other Philosophical Writings. Edited with Introduction by Paul Baender. University of California Press,1973.

訳者あとがき

本来なら、ここに『人間とは何か』の解説を書くつもりでおりましたが、急に体調を崩し、入院精密検査の結果、担当医から「肺腺ガンが全身に転移していて、余命幾ばくもなし」との宣告を受けてしまいました。

従って、ここでは皆さんにお別れのご挨拶だけで失礼しなければなりません。

愛読者の皆さんのおかげで、小生の仕事もここまで大過なく続けてくることができました。また、ＫＡＤＯＫＡＷＡの郡司聡氏をはじめ菅原哲也氏、安田沙絵さん、津々見潤子さん、そのほか社内の皆さんには大変お世話になりました。友人、知人、教え子からの物心両面にわたる激励にも、心から御礼申し上げます。妻節子、長男憲(あきら)、長女裕美、孫娘アマリヤの、それぞれ献身的な協力にも感謝しなければなりません。

両親は二人とも関東大震災、太平洋戦争の惨禍をくぐりながら八七歳まで生き長らえました。この二人から命を授かった一人っ子の小生が八七歳に達する前に死んだのでは親不孝になると考え、今日まで頑張ってまいりました。

しかし、その八七歳に達した瞬間に病魔が小生を襲いました。これも運命とあきらめ、お別れのご挨拶をする次第です。

有難うございました。

二〇一六年十二月　川崎市　新百合ヶ丘にて　　大久保　博

追記

主治医から「余命十二月いっぱい」と特定されましたので、大晦日(おおみそか)はその覚悟で床につきました。

ところが元旦に目を覚ましたら、まだ息をしておりました。

あれ、生きている！　まだ死んではいない！　未だ亡くなってはいないぞ！　じゃあ、オレは今日から「未亡人」になったんだ。

私の二〇一七年は、こんなふうにして始まりました。

それなら、この執行猶予の期間中に解説らしいものを何とかまとめなければと思いたち、マーク・トウェインの説く「人間機械論」に併せて、Android［アンドロイド、「人間酷似型ロボット」］やArtificial Intelligence［AI、「人工知能」］についても考えてみようと、その作業にとりかかりました。

ところが、疼痛（とうつう）があちこちに起きて老軀（ろうく）を苦しめます。おかげで機械論どころか、ガンにばかり考えが集中します。

そこで、こんなことを考えました。

一、ガンは、外部から感染するような疾患ではない。

二、ガンは、内部に自然発生する細胞であって、しばしば遺伝性のものである。

三、従ってガンは、いわば、「身内のもの」「肉親」である。

四、「肉親」であるならば、もともとは、ほかの細胞に悪影響を及ぼすような性質のものではない。

五、「悪影響」とみられるものは、その細胞が繁殖する過程で、他の細胞に何らかの影響を与えるからである。

六、その影響が、しばしば、細胞同士の摩擦（闘争）に発展するため、苦痛なるものが生じる。

七、従って、自然発生した細胞と既成の細胞とが、穏やかに共存することができれば、苦痛などの問題は起こらないはずだ。

八、抗ガン剤、制ガン剤などを使用することは、体内に苦痛を起こさせるばかりで、何の役にもたたない。

九、今日、世界の各地に激しい闘争が起こっているが、これは正に地球のガン細胞(国家)と既成の細胞(国家)の「肉親」同士が摩擦を起こしているからである。

十、今こそ、平和共存の秘策を模索すべきときである。

こんな妄想をめぐらしていると、友人がまた新しいガン治療法のニュースを知らせてきました。

そこで、つい、むかし訳したトウェインの小話を思い出してしまいました。

*

健康がすぐれぬというニュースが伝わると、トウェインのもとには、友人や知人をはじめ多くの愛読者から見舞いの手紙が届いた。これこれの治療をしてみてはどうかと、しきりに薦める見舞状にトウェイン、

「拝復、小生、お薦めいただいた治療法を一つ残らず試しております。ただいま六七番目にとりかかりました。あなたのは二六五三番目。その有益な効果を楽しみにしております」(『また・ちょっと面白い話』より)。

未亡人　大　久　保　博

二〇一七年三月

解説

金原瑞人（翻訳家）

アメリカにとって、またアメリカ人にとって、マーク・トウェインはなくてはならない作家であり、マーク・トウェインなくして、いまのアメリカ文学はなかった。とくに『ハックルベリー・フィンの冒険』の評価は高く、アーネスト・ヘミングウェイはこういっている。

すべての現代アメリカ文学は一冊の本にその源をたどることができる。『ハックルベリー・フィンの冒険』だ。アメリカ文学の最高傑作だ。すべてのアメリカ文学はここから始まる。見るべきものは、この作品の前にはなく、これに匹敵する作品もまだない。

また、同じくアメリカのノーベル文学賞作家、ウィリアム・フォークナーの遺作、

『自動車泥棒』も『ハック』を下敷きにしたといわれている。

一八三五年、中部のミズーリ州に生まれたトウェインはミシシッピ川の蒸気船の水先案内人をしたり、金鉱銀鉱探しをしたり、投機に手を出したりした後、ジャーナリストになり、やがてユーモア作家としてデビューする。そして新聞社の特派員としてヨーロッパを回ったときの体験をもとに書いた『無邪気者の外遊記』(六九年)がベストセラーになり、作家としての地位を確かなものにする。その後、『トム・ソーヤーの冒険』(七六年)、『王子と乞食』(八二年)などの子ども向けの作品でも有名になり、愛読者はどんどん増えていった。

そして、アメリカ文学の最高傑作『ハックルベリー・フィンの冒険』(八四年、八五年)を書き上げる。

ところが、そのあと、当時のアメリカ人がアーサー王宮廷にタイムスリップするSFファンタジー『アーサー王宮廷のコネチカット・ヤンキー』(八九年)あたりから作品に暗い影が差すようになり、『不思議な少年 44号』(一九一六年)という悪夢のような小説が遺作となる。

最初、南部のほら話風のユーモアに富んだ作品を書き、胸躍る冒険物語を書いていたトウェインが、なぜペシミスティックな方向に流れていったのか。様々な指摘があるが、その理由はさておき、そういう晩年を象徴する傑作のひとつが、この『人間とは何か』（一九〇六年）だ。これには晩年のトウェインの世界観、人間観、人生観が凝縮されている。

ここでは、青年が常識的な人間を代弁し、老人がトウェインの考えを代弁している。老人はこんな言葉を口にする。

人を動かすのは「自分自身の精神を満足させたい」という衝動だ。
「われわれ人間というものは他人の苦痛には完全に無関心なのだ、その人の苦痛がわれわれを不愉快にしないかぎりはね。」（五八頁）
「考えを口にする者は、いつだって、受け売りの考えを口にしているに過ぎないのだ。」（六二頁）

倫理、道徳、名誉、自尊心、自己犠牲といった美徳を信じている青年を相手に、老人は自分の思うところを述べていく。ときにはユーモラスに、ときには辛辣に、ときには皮肉たっぷりに。

とくに第六章「本能と思考」に入ると、老人はさらに舌鋒鋭く、青年の浅薄な言葉を粉砕していく。

若　者　実に不愉快な考え方ですね。あなたのその酔っぱらいのような理論は。（中略）ああいう理論は、「人間」からそのすべての品位や、威光や、威厳を剝ぎ取ることになりますよ。

老　人　人間は、もともと、剝ぎ取られるものなんか何ももっておらんのだよ。そんなものはニセものであって、盗んできた服なのだ。（一四三頁）

若　者　あなたは知的境界線を取っ払おうとしているんだ、人間と動物を分け隔てている境界線をね。

老　人　いいや、そうではない。誰も取っ払うなんて、できっこないよ。もともと存在しないものなんだからね。（一五四頁）

こんなやりとりを繰り返しながら、いよいよ「結論」へ。その結論の終わりの部分でこんな言葉が語られる。

「それぞれの国民が、ほかのすべての国民を軽蔑している。それぞれの国民が愚か者であるのに、そのことを感づいてもいない。（中略）ひとことで言えば、全人類は満足しているのだ。」（二〇一―二頁）

人間と国と国民への批判と絶望で、この書は幕を閉じる。

作者の中心にあるのは次のような考えだ。人間（の心）も動物（の心）も機械だ。人間にも動物にも真にオリジナルな物など作れはしない、すべては昔からのコピーの累積だ。人間が自由意志と錯覚しているものは自由選択に過ぎない。人間の行動の根本原理は自己満足である。

こういったことを、トウェインはじつにおもしろい比喩や、わかりやすい事実を使って説いていく。最初の「石のエンジン」と「鋼鉄のエンジン」の比較や、鉄が鉱石の状態から精錬される比喩に戸惑った読者は多いと思う。しかし、それを咀嚼しながら読み進むうちに、ふとトウェインの説に引きこまれていく自分に気がつくのではないだろうか。

さて、この解説の最初のほうでトウェインの影響を受けた作家としてヘミングウェイとフォークナーをあげたが、戦後のアメリカ文学を代表する作家のひとりカート・ヴォネガットはさらに大きな影響を受けている。数多くのユーモラスで、ナンセンスたっぷりの小説や、SFやファンタジーっぽい作品、それからウィットに富んだ鋭いエッセイなど、まさに二十世紀のトウェインといっていい。ヴォネガット自身、それを否定していない。それどころか、堂々と認めている。

拙訳の『国のない男』からそれらしいところを抜き出してみよう。

マーク・トウェインとエイブラハム・リンカンはいまどこにいるのだろう。いまこそ必要なときだというのに。

わが尊敬すべきアインシュタインとトウェインにならって、わたしも人類を見限ることにした。わたしは第二次世界大戦に参加したことがあるので、断っておくが、わたしが無慈悲な戦争マシンに降伏したのはこれが最初ではない。

この小説で、彼（トウェイン）は暗い満足感にひたったにちがいない。わたしも読んで、同じ気持ちを味わった。そう、神ではなく悪魔がこの地球を創造し、「ろくでもない人類」というやつを創造したのだ。もし嘘だと思うなら、朝刊を読めばいい。どの新聞でもいい。いつの新聞でもいい。

ついでにもうひとつ。ヴォネガットは構想段階の本のなかで、主人公に「もし神がいま生きていたら、きっと無神論者になっていたと思う」といわせている。まさにトウェインが口にしそうな言葉だ。

しかし、トウェインといいヴォネガットといい、なぜそこまで人間に絶望しているのに書くのだろう。

小説であれエッセイであれ、また論文であれ、書くという作業は時間と労力と、膨大なエネルギーを必要とする。とことん絶望している作家にとっては、書くという作業は苦痛でしかない。にもかかわらず、ふたりとも死ぬ間際まで書き続けた。もしかしたらそれは、祈りにも似た、切実な希望の裏返しなのだろうか。それとも、そこまで絶望してもなお書かざるをえない、作家の業のせいなのだろうか。あるいは、書くという麻薬的な魔力がふたりを捕まえて離さなかったのか。

そんなことを考えながら、この本を読み直すと、さらに意味深い発見があると思う。そしてぜひ、『ハックルベリー・フィンの冒険』を（読み直して／読んでみて）ほしい。希望と絶望の狭間で書かれたこの冒険小説の大きさと魅力に驚くはずだ。

最後になったが、簡単に訳者、大久保博氏について書いておきたい。氏はアメリカ文学の翻訳や紹介で有名だが、とくに抜きん出ているのがマーク・トウェインの研究と翻訳だ。そのひとつの例が本邦初訳の『不思議な少年　44号』だろう。このおかげで、それまでひどく改ざんされて『不思議な少年』というタイトルで翻訳されてきたトウェインの遺作が、オリジナルに近い形で読めるようになった。

その他、氏の業績をあげればきりがないが、もうひとつぜひ書いておきたいのは、訳文の的確さと流れのよさだ。

これは翻訳家でないとわからないと思うのだが、氏の翻訳は原文のイメージの流れをなるべくそのまま日本語に移すという難業に成功している。接続詞や関係代名詞の前と後をひっくり返す訳者が依然として多いなか、氏は徹底して、日本語の文法と日本人の感性が許す限り、原文の前後を入れ替えないよう訳してきた。興味のある方はぜひ原文と訳文を読みくらべてみてほしい。

四十年以上前、大学で氏に学んだ多くのことのなかで、なによりこの翻訳の手法は自分にとって大きなものとして残っている。今回、『人間とは何か』の訳文を読んでみて、それを再認識した。

本書は訳し下ろしです。

トウェイン完訳コレクション

人間とは何か

マーク・トウェイン　大久保 博＝訳

平成29年 4月25日　初版発行
令和6年 5月30日　10版発行

発行者●山下直久

発行●株式会社KADOKAWA
〒102-8177　東京都千代田区富士見2-13-3
電話　0570-002-301（ナビダイヤル）

角川文庫 20261

印刷所●株式会社KADOKAWA
製本所●株式会社KADOKAWA

表紙画●和田三造

●お問い合わせ
https://www.kadokawa.co.jp/（「お問い合わせ」へお進みください）
※内容によっては、お答えできない場合があります。
※サポートは日本国内のみとさせていただきます。
※Japanese text only

ISBN978-4-04-105362-1　C0197

角川文庫発刊に際して

角川源義

第二次世界大戦の敗北は、軍事力の敗北であった以上に、私たちの若い文化力の敗退であった。私たちの文化が戦争に対して如何に無力であり、単なるあだ花に過ぎなかったかを、私たちは身を以て体験し痛感した。西洋近代文化の摂取にとって、明治以後八十年の歳月は決して短かすぎたとは言えない。にもかかわらず、近代文化の伝統を確立し、自由な批判と柔軟な良識に富む文化層として自らを形成することに私たちは失敗して来た。そしてこれは、各層への文化の普及滲透を任務とする出版人の責任でもあった。

一九四五年以来、私たちは再び振出しに戻り、第一歩から踏み出すことを余儀なくされた。これは大きな不幸ではあるが、反面、これまでの混沌・未熟・歪曲の中にあった我が国の文化に秩序と確たる基礎を齎らすためには絶好の機会でもある。角川書店は、このような祖国の文化的危機にあたり、微力をも顧みず再建の礎石たるべき抱負と決意とをもって出発したが、ここに創立以来の念願を果すべく角川文庫を発刊する。これまで刊行されたあらゆる全集叢書文庫類の長所と短所とを検討し、古今東西の不朽の典籍を、良心的編集のもとに、廉価に、そして書架にふさわしい美本として、多くのひとびとに提供しようとする。しかし私たちは徒らに百科全書的な知識のジレッタントを作ることを目的とせず、あくまで祖国の文化に秩序と再建への道を示し、この文庫を角川書店の栄ある事業として、今後永久に継続発展せしめ、学芸と教養との殿堂として大成せんことを期したい。多くの読書子の愛情ある忠言と支持とによって、この希望と抱負とを完遂せしめられんことを願う。

一九四九年五月三日

角川文庫海外作品

角川文庫海外作品

新訳アーサー王物語
トマス・ブルフィンチ
大久保　博＝訳

六世紀頃の英国。国王アーサーや騎士たちが繰り広げる、冒険と恋愛ロマンス、そして魔法使いたちが引き起こす不思議な出来事……ファンタジー文学のルーツが、ここにある！

十五少年漂流記
ジュール・ヴェルヌ
石川　湧＝訳

荒れくるう海を一隻の帆船がただよっていた。乗組員は15人の少年たち。嵐をきり抜け、なんとかたどりついたのは故郷から遠く離れた無人島だった——。冒険小説の巨匠ヴェルヌによる、不朽の名作。

海底二万里（上）（下）
ジュール・ヴェルヌ
渋谷　豊＝訳

1866年、大西洋に謎の巨大生物が出現した。アメリカ政府の申し出により、アロナックス教授は、召使いのコンセイユとともに怪物を追跡する船に乗り込む。順調な航海も束の間、思わぬ事態が襲いかかる……。

地底旅行
ジュール・ヴェルヌ
石川　湧＝訳

リデンブロック教授とその甥アクセルは、十二世紀アイスランドの本にはさまれていた一枚の紙を偶然手にする。そこに書かれた暗号を解読した時、「地底」への冒険の扉が開かれた！

動物農場
ジョージ・オーウェル
高畠文夫＝訳

一従軍記者としてスペイン戦線に投じた著者が見たものは、スターリン独裁下の欺瞞に満ちた社会主義の実態であった……寓話に仮託し、怒りをこめて、このソビエト的ファシズムを痛撃する。